하트의 탄생

하트의 탄생

정이현 소설 ― 불키드 그림

창비

차 례

하트의 탄생
◇◇◇◇◇◇◇◇◇◇◇◇◇◇◇◇◇◇◇

1

나는 왜 하필 나로 태어났을까? 다른 누군가일 수도 있었는데.

토요일 아침 눈 뜨자마자 그런 생각이 들었다. 내가, 내가 아니라 은결이면 어땠을까. 은결은 몇 안 되는 내 현실 친구 중 하나이다. 은결은 블랙핑크 제니를 닮았고 하루가 멀다 하고 컵라면과 아이스크림을 먹는데도 날씬했다. 그렇지만 월요일부터 일요일까지 학원을 매일 두 개씩 다녔고 자정까지 과외를 했다. 중학교에 들어오기 전에 고등 수학 진도를 다 마쳤고 지금은 수학 올림피아드를 준비하고 있었다. 음, 아무래도 안 되겠다.

그렇다면 조이. 조이는 내 현실 친구 중 가장 부자였다. 무엇보다 부러운 점은 엄마 카드를 써도 부모님에게 결제 알림 문자가 가지 않는다는 거였다. 스스로 알아서 돈을 규모 있게 쓰는 연습도 필요하다는 것이 조이 부모님의 교육 방침이라고 했다. 그런데 안타깝게도 두 사람의 의견이 일치하는 것은 그 한 가지뿐이었다. 부모님이 물건을 던지며 싸우는 건 너무 흔한 일이라 아무렇지 않지만 어제는 골프채를 들어서 경찰에 신고해야 하나 망설였다고 조이가 말했을 때 나는 아무 대꾸도 하지 못했다.

인생을 바꿔 살아 보고 싶은 대상은 내 주변엔 아무도 없었다. 역시 인간으로 태어나 사는 것은 누구에게나 어려운 일인가 보다. 그럼 인간이 아닌 존재라면? 조이의 강아지 두부처럼 말이다.

두부는 내가 아는 한 가장 몽글몽글하고 폭신폭신한 생명체였다. 조이네 집에 놀러 갈 때면 소파 위에 가만히 몸을 붙이고서 졸고 있다가 인기척에 화다닥 깨어나곤 했다. 두부는 인간들에게 쓰다듬을 당하고 뭔가를 먹고 배변을 하고 가끔 꼬리를 흔들다가 다시 조는 일을 종일 반복했다. 물론 조그만 개에게도 조그만 개만의 고충이 있겠지. 그렇지만 어떤 특별한 행동을 하지 않아도 그저 존재한다는 이유로 조건 없는 사랑을 받는 건 만 5세 이상의 인간에겐 불가능한 일이다.

내가 만약 강아지라면 지금보다 나은 삶을 살

고 있으려나? 글쎄. 내가 강아지라면, 고양이라면, 고슴도치라면 이 집에서 별 존재 가치가 없을지도 모른다. 동물에게는 사진을 찍어 줄 손가락이 없으니까.

"일어났니? 얼른 나와 봐!"

엄마의 목소리가 들려왔다. 나는 한숨을 참으면서 침대에서 몸을 일으켰다. 세상에 공짜는 없었고, 이 집에 사는 동안 나도 내 몫의 일을 해야 했다. 내 작은 방문의 문고리를 당기면서 강아지가 된 내가 지금의 나보다 존재 가치가 크다면 약간 슬플지도 모르겠다고 생각했다.

2

오늘은 꿀이었다. '개꿀'이라고 할 때의 그 꿀이 아니고 '꿀 빨았다.'라고 할 때의 꿀도 아니었다. 그럴 리가 없다. 나는 매일 반복되는 '오늘'들을 단 한 번도 완벽하게 달콤하다고 느낀 적이 없었으니까.

뉴질랜드 야생에서 자란 마누카 꽃에서 채취한 마누카 꿀이 엄마 인스타그램의 이번 공동 구매 제품이었다. 엄마는 거실의 대리석 테이블에 세팅을 완료해 두었다. 공구 제품을 촬영할 때 물건을 올려놓는 용도인데 아빠나 내가 거기 물잔이라도 놓았다간 금세 불호령이 떨어졌다. 촬영 때만은 예외였다. 오늘 아침 테이블 위에는 마누카 꿀을 1회 용

량씩 소포장한 스틱 꾸러미와 새빨간 떡볶이 접시
가 놓여 있었다. 꿀 다음 공구는 떡볶이 밀키트라
는 뜻이었다.

엄마가 꿀 스틱의 윗부분을 가위로 조심스럽게
잘라 냈다. 입구를 살짝 기울여 접시에 조르륵 따
르자 반투명하고 *끈적끈적한* 황금색 꿀이 떡볶이
위로 쏟아져 내렸다. 로제떡볶이도 아니고 짜장떡
볶이도 아니고 허니떡볶이라니. 한 번도 상상해 보
지 못한 조합이었다. 엄마는 좌측 샷, 우측 샷, 초근
접 샷, 항공 샷까지 연신 폰 카메라를 눌러 댔다.

엄마는 요새 자주 이런 식으로 일했다. 다음 공
구 제품을 이번 공구 마케팅에 슬쩍 끼워 넣어 미
리 홍보하는 전략이었다. 지난번엔 다이어트 약과
곱창 밀키트를 한꺼번에 홍보한 적도 있었다. 다이
어트 약 반 포를 입에 털어 넣고, 곱창을 한 젓가락

먹은 다음, 나머지 약 반 포를 마저 먹는 동영상을 업로드하기도 했다.

"한 번에 두 마리 토끼를 잡는 전략이야. 곱창이 얼마나 맛있으면 다이어트 중에도 못 참고 먹겠어? 또 다이어트 약이 얼마나 효과가 좋으면 곱창을 같이 먹어도 괜찮겠어?"

엄마에게는 말도 안 되는 말을 그럴듯하게 하는 뛰어난 재주가 있었다. 엄마가 내게 휴대폰을 넘겨주었다. 엄마는 전문가다운 동작으로, 꿀을 머금은 떡 하나를 포크로 찍어 공중에 쳐들었다.

"일단 손목."

본인의 손목까지 나오도록 찍으라는 뜻이었다. 제품 사진에 집중하되 새로운 네일 아트와 얼마 전 장만한 명품 브랜드의 팔찌도 잘 보이는 구도를 잡아 보라는 의미였다. 나는 이리저리 몸의 각도를

♡

틀어 가며 재빨리 여러 컷을 찍었다. 엄마가 사진을 훑어보며 농담처럼 말했다.

"넌 사진도 잘 찍었다 못 찍었다 기복이 심하다. 성적처럼."

그래도 마음에 안 들지는 않는 눈치였다. 만약 사진이 별로였다면 목소리가 한 옥타브 올라가고 말도 빨라졌을 것이다. 아빠가 찍은 사진을 보고 그러하듯이. 엄마와 아빠는 일종의 동업자였다. 처음 인스타그램 공동 구매를 시작했을 때는 아빠가 MD와 촬영, 엄마는 모델과 마케팅으로 어느 정도 업무 영역이 분리되어 있었지만 사업이 잘되면서 점점 엄마 몫의 업무가 늘어 가는 듯이 보였다. 아빠가 찍어 주는 사진에 엄마는 특히 불만이 많았다. 피사체에 애정이 없고 무성의하다나 뭐라나.

그럴수록 아빠는 더 열심히 하기는커녕, 잘됐다는 표정을 숨기지 못하면서 내게 자기 역할을 쓱 떠넘기려 했다. 오늘도 새벽부터 골프장에 가 버렸다.

"어깨 다섯, 가슴 다섯."

이번에는 어깨에서 자른 사진 다섯 방, 가슴에서 자른 사진 다섯 방을 연이어 찍으라는 의미였다. 나는 엄마가 요즈음 가장 선호하는 보정 앱을 켜고 화사한 봄 느낌 모드를 선택했다. 물론 이 앱으로 찍는다고 해서 우리 엄마가 아예 다른 사람이 되는 것은 아니었다. 사진 속 엄마는 나이를 짐작하기 힘들었고 활짝 웃고 있는데도 표정이 없는 것처럼 느껴졌다. 엄마는 인스타그램에 업로드하

는 자신의 모든 사진을 보정 앱으로 찍었다. 여러 개의 앱 중 오늘은 뭘 고를까 하는 것만이 관건이었다. 자신의 직업이 인플루언서이기 때문에 당연하다고 했다.

"그게 예의야."

직장인들이 아무리 피곤해도 출근할 때 최소한의 메이크업을 하는 것과 다를 바 없다는 논리였다.

엄마의 SNS에 내 얼굴은 등장하지 않았다. 처음부터 그랬던 건 아니다. 유치원생이었을 때는 말할 것도 없고 초등학교 저학년 때까지만 해도 내 얼굴은 엄마의 공개 사진첩에 꽤 잦은 빈도로 출현했다. 남의 집 통통한 아이에 대해 대충 '귀엽다'는 표현으로 넘기는 게 가능하던 시기였다. 엄마의 랜선 친구들은 대부분 선량하고 우호적인 사람들이었다. 내가 나온 사진의 댓글은 귀엽다는 선

플 일색이었다. 엄마는 겸손한 척 "애들은 다 귀엽죠. 실제로 보면 호빵 같아요."라는 식의 댓글을 달았다.

문제가 발생한 건 옥수수 탓이라고 엄마는 지금도 믿고 있었다. 당시 아빠가 추진했던 강원도 옥수수 농장과의 컬래버레이션 상생 프로젝트가 심각한 문제에 봉착하고 말았다. 지구 온난화 때문에 초여름 기온이 갑자기 치솟은 것이 화근이었다. 택배 상자 속 옥수수가 죄다 썩어 있다는 구매자들의 항의가 빗발쳤다. 객관적으로 이쪽에 억울한 부분이 있었다. 엄마 아빠는 일종의 중간 대행 업자였다. 제조처에서 온라인 판매가 가능한지 제안해 오면, 수지를 맞춰 보고 공구 일정을 잡은 다음, 일정 기간 동안 온라인 마케팅을 하고 커미션을 받는 것이 업무 내용이었다.

엄마는 그 옥수수 사고를 계기로 숨어 있던 악플러들이 수면 위로 떠올랐다고 주장했다. 내가 앞니로 옥수숫대를 뜯는 사진 아래 이런 댓글이 달린 것이다.

 돼지처럼 뭐든지 잘 먹게 생겨서 역시 썩은 옥수수도 잘 먹네. 근데 진짜 신기하게 엄마는 하나도 안 닮았어. ㅋㅋㅋㅋㅋㅋ

'ㅋ'의 개수가 여섯 개였다는 것까지 엄마는 아직도 기억했다. 그때 엄마는 엄청나게 속상해했고 모욕죄 고소가 가능한지 알아보라고 아빠를 닦달했다. 내가 상처를 받았을까 봐 염려해서가 아니었다. 엄마의 불안을 자극한 표현은 '안 닮았다.'였다. 엄마는 그 악플러의 진짜 목적이 자신의 성형

수술에 대한 조롱이라고 확신했다.

"그렇게 부자연스럽나?"

나는 아니라는 말을 백 번쯤 반복해야 했다. 내가 자라날수록 엄마는 내 얼굴에서 이젠 희미해진 자신의 옛 이목구비를 읽어 내는 눈치였다. 엄마를 스무 살 때부터 보아 온 아빠 말에 따르면 46세 김은영과 15세 이주민은 다르게 생겼지만, 20세 김은영과 15세 이주민은 사촌지간으로 보일 만큼은 닮았다고 했다.

엄마가 가끔 내 얼굴을 슬쩍 곁눈질하는 것 같을 때 나는 괜히 미안해지고 작아졌다. 그리고 그런 내 마음 때문에 속이 상했다. 예측할 수 없는 장소에서 갸웃거리며 다가와 내 얼굴을 유심히 들여다보고 가는 사람들이 아직 있었다. 어떤 아주머니는 "망고밀크 님 딸 아닌가?"라며 기어이 확인했

고, 다른 아주머니는 "어머나, 그땐 아기였는데 언제 다 컸어?"라며 가방에서 귤 한 알을 꺼내 손에 쥐여 주기도 했다. 그런 일들은 엄마에게 말하지 않았다.

오늘 아침 내가 찍은 사진들은 #세기의콜라보 #면역력개선 #노화방지 #콜라겐생성 #알레르기치유 등등의 현란한 해시태그와 함께 업로드될 예정이었다. 촬영을 마친 허니떡볶이는 내 아침밥이 되었다. 맛있을 리가, 없었다.

3

나의 학원 스케줄은 이 동네의 일반적인 중학교 2학년과 크게 다르지 않았다. 주중엔 영어와 수학을 집중 공략하고 주말엔 나머지 주요 과목을 해결했다. 토요일엔 오전 10시부터 국어 학원, 오후 2시부터 과학 학원이었다. 국어와 과학 사이에 한 시간 반가량이 비었다. 보통은 점심으로 햄버거를 빨리 먹은 다음 와이파이가 되는 곳을 찾아 시간을 보내곤 했다. 오늘은 햄버거 말고 제대로 된 밥 종류를 먹으라고 엄마는 집을 나서면서부터 연거푸 강조했다.

"아침도 떡볶이였는데 네가 계속 그런 것만 먹고 다니면 내가 너무 죄책감 들잖아. 나쁜 엄마 같고. 안 그래?"

　아침으로 떡볶이를 준 당사자이면서 그런 말을 아무렇지도 않게 하다니. 우리 엄마는 정말이지 양심이 없는 스타일이었다.

　이 거리에는 세 가지 색깔만 존재하는 것 같다. 검정, 회색, 남색. 무채색 트레이닝 바지를 무심하게 몸에 두르고 양말 위에 삼선 슬리퍼를 신은 아이들 한 떼가 횡단보도를 건너고 있었다. 엄마와 나는 차 안에서 그들이 다 지나가기를 기다렸다. 칙칙하네,라고 운전석의 엄마는 말했다. 매주 토요일 여기를 지나갈 때면 습관처럼 하는 말이었다.

　"근데 너는 또 왜 이래?"

　엄마가 조수석에 앉은 나를 쓰윽 훑어보며 혀를 찼다.

　"새로 산 티셔츠 왜 안 입었어?"

엄마가 마음대로 사 놓은 옷이었다.

"누가 핑크색을 입어?"

"야, 그거 비싼 거야. 까마귀도 아니고 다 까맣게만 입으면 그게 멋있니? 올 블랙으로 입는다고 날씬해 보이는 거 아니야. 살쪄서 그렇게 입은 줄 다 알아."

나는 기분이 팍 상했다.

"무슨 상관이야, 그냥 학원 가는 길인데."

"그러니까 저기 길 가는 애들이 다 저런 거야. 왜 손에 잡히는 대로 아무거나 주워 입니, 거지같이."

"딸한테 거지가 뭐야?"

"얘가. 내가 언제 거지랬어? 같이,라고 했잖아. 직유법 몰라? 하긴, 모르니까 국어 성적이 그 꼴이지."

엄마는 늘 이런 식이다. 기가 막혀서 더 싸우고 싶지도 않았다. 나는 입을 다물었다. 학원 앞에 도

착해 막 내리려 할 때 엄마의 카톡 알림음이 울렸다. 엄마가 첫 줄을 읽기 전에 내려야 했는데 그만 타이밍을 놓쳐 버렸다. 역시 불길한 예감은 적중했다. 수학 학원 선생님이 보낸 톡이었다.

"시험 50점 맞았어? 반타작? 팩트야?"

"……."

"그리고 이번 주에 숙제 안 해 갔어? 아주 미쳤구나."

나 때문에 누군가가 뱉어 내는 탄식만큼 듣기 싫은 소리는 없을 것이다.

"내가 아침부터 왜 이런 메시지를 받아야 되니?"

나도 궁금했다. 수학 학원에서는 왜 아침부터 저런 걸 보낼 생각을 했는지.

"나 늦었어. 가야 돼."

나는 기어들어 가는 목소리로 말했다. 정말이었

다. 학원 시작 시간이 간당간당했다. 그런데 그 말의 어떤 부분이 엄마의 버튼을 누른 걸까, 알 수 없었다.

"야! 학원은 다녀서 뭐 하니? 다 때려치워!"

엄마가 갑자기 고함에 가까운 소리를 질렀다. 놀라지는 않았다. 가끔 맞닥뜨리는 일이었다. 우리 엄마만 이렇지는 않을 것이다. 어릴 땐 무조건 죄송하다고 말했지만 이젠 나도 그러지 않는다. 그냥 묵묵히 창밖을 바라보면서 견뎠다. 귀를 닫으려고 애쓰면서.

"내가 창피해서 못 살겠어. 그렇게 공부가 싫은데 왜 공중에다 돈을 뿌리고 다니니? 그냥 중학교 중퇴자로 살면 돼. 네 인생 어차피 내 거 아니잖아. 네 인생은 네 거라고!"

　　내가 정말로, 적성에도 안 맞고 재능도 없는 국영수 공부 따위 오늘부터 때려치우겠다고 하면 엄마는 어떤 표정을 지을까.

　　"왜 아무 말 못 해? 입이 있으면 말을 해야 할 거 아니야?"

　　입이 있다고 누구나, 누구에게나 아무 말이나 할 수 있는 것은 아니다. 엄마는 그것도 모른다.

　　점심엔 엄마 말을 무시하고 햄버거를 먹었다. 계산은 엄마 카드가 아니라 현금으로 했다. 내 수준

♡

에서 할 수 있는 소심한 반항이었다. 우리 엄마는 조이 엄마가 아니므로 내가 사용한 카드 내역 — 치즈버거 세트 6,000원이나 참치김밥 4,000원, 하다 못해 편의점의 생수 1,000원조차 — 은 매번 엄마에게 메시지로 전송되었다.

내 친구 엄마들은 대개 이런 방식으로 아이들을 통제했다. 아니 통제하고 있다고 믿었다. 카드를 하나 쥐여 주고 결제 내역을 자신의 문자 메시지로 받으면서, 아이의 스마트폰에 청소년 유해 차단 앱과 시간 통제 앱을 설치하고서 폰 사용 시간이 청소년 평균에 비해 많은지 적은지 체크하면서, 우리 애는 요즘 애들 같지 않게 순해요, 이 동네 애들이 역시 순둥이죠, 호호호, 같은 글을 맘 카페에 쓸지도 모른다. 틀린 말은 아니었다. 아이들은 몰래 폰을 할지언정 겉으로는 별다른 반항 없이 순순히

통제에 응한다. 귀찮아지지 않으려고. 그게 편하기 때문에.

치즈버거를 씹으며 할 일 없이 폰을 만지다가 인스타그램을 열었다. 엄마의 피드가 제일 먼저 떴다. 좀 아까 차 운전석에서 찍은 셀카 사진이었다. 핸들의 엠블럼과 학원 간판들이 즐비한 거리 풍경이 하나의 프레임에 담겨 있었다.

 얼굴만 봐도 속 터지는 딸내미 학원 데려다주고 가요. 말도 드럽게 안 듣고 공부도 드럽게 안 하고……. 어디 갖다 버려도 아무도 안 주워 가겠죠. ㅋㅋㅋㅋ 북한도 무서워한다는 중2니까 착한 제가 꾹 눌러 참아 보렵니다. 아침부터 속 답답하지만 마누카 꿀 한 스틱 쭉 빨아 먹고 다시 힘낼게요. #마누카꿀 #라이드인생 #워킹맘 #오늘도힘내자

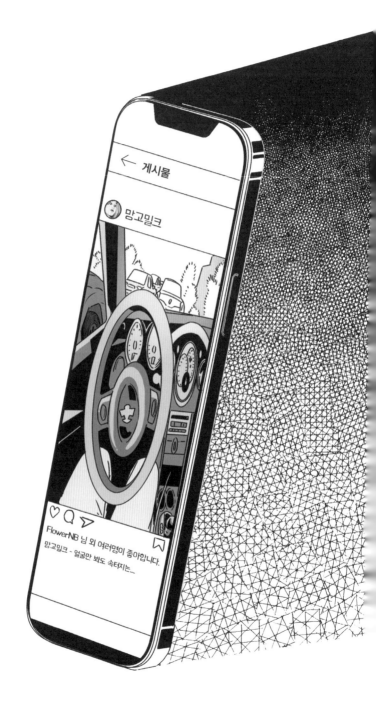

해시태그에 #거지같이는 없었다. 'ㅋ'의 개수는 네 개였고, '좋아요' 개수도 넘쳐 났다. 댓글들은 눈부셔서 차마 읽을 수가 없었다.

 망고밀크 님이 어딜 봐서 중딩 엄마인가요. ㅎㅎ

 너무 젊고 예뻐서 따님 친구들이 언니라고 부르겠어요.

 아이들은 엄마 희생으로 자라더라고요. 세월이 가면 아이도 철들고 엄마 진심에 눈물 흘릴 날이 오겠죠.

여기서 치즈버거를 먹다가 테이블에 고개를 처박고 엎드려 우는 사람도 있었을까. 없었겠지. 내가 그 첫 번째 인간이 되고 싶지는 않았다. 나는 입술

대신 콜라 컵 속의 얼음을 깨물었다. 유튜브 앱을 연 것은, 뭐라도 하지 않으면 안 될 것 같아서였다.

나는 유튜버라고 하기에도 민망한 수준의 무명 유튜버였다. 몇 년 전부터 아주 가끔씩 영상을 올리곤 했다. 주로 무영공을 바탕으로 한 소시액 영상이었다. '무영공'은 무편집 영상 공유, '소시액'은 소규모 시리즈 액체괴물의 줄임말이다. 다른 유튜버들이 슬라임을 가지고 노는 영상을 무편집으로 공유해 주면, 그걸 다운받아 편집을 하고, 그 편집 영상 위에 내가 쓰고 싶은 글을 적는다.

'소규모'라는 말대로 작고 소소하게 자신의 학교생활이나 근황, 친구 문제, 짝사랑하는 남자애 이야기 등을 수다 떨듯이 일기처럼 풀어내는 거였다. 그러면 구독자들이 댓글을 달고 계정주도 대댓글을 달면서 서로 소통했다. 제목에 따라 조회 수

가 조금씩 달라지긴 했지만 지금까지 내 영상의 조
회 수는 평균 30~40회 정도였다. 50회를 넘긴 적은
한 번도 없었다. 15명 남짓한 구독자들 중에 현실
친구는 아무도 없었다. 내 친구들은 내가 이런 걸
하는지도 모를 것이다.

　나는 얼음을 입 안에서 돌돌 굴리며 자막 편집
을 시작했다.

　안녕하세요, 여러분. 블루하트예요.
　오랜만에 인사드려요.
　오늘은 저답지 않게 조금은 우울한 이야기를
　해 보려고 해요.
　어느 부모님이나 다 그렇겠지만 저희 부모님도
　저를 힘들게 키워 주셨어요.
　저는 그것에 대해 항상 감사하게 생각하지만

요즘에는 정말……

더 못 참을 것 같다는 생각이 들어요.

저는 어쩌면 좋을까요?

갑자기 서러움 같은 것이 복받쳐 올라왔다. 나
도 모르게 손가락이 빨라졌다.

저희 엄마 아빠에게 저라는 존재는 무엇일까요?

손톱의 때만큼이나 의미가 있기는 할까요?

저희 부모님은 유명한 인플루언서예요.

부럽다고 말하는 애들도 있지만

그럴 때면 전 그냥 웃을 뿐이죠.

SNS에서는 누구에게나 친절하고 착하게 보이지만

실제로는 꼭 그러신 건 아니에요.

그리고 특히 저한테는…….

엄마는 내가 무슨 노예인 줄 알아요.

아니, 노예는 너무 나갔나. 그 단어를 지우고 다른 것을 집어넣었다.

엄마는 내가 무슨 기계인 줄 알아요.

나도 감정이라는 게 있는데. 나도 사람인데.

왜 사람 마음을 무시하고

자존심을 짓밟아도 된다고 생각할까요?

힘들게 키워 주시면 감사해야지 다른 걸 바라는 건

너무 큰 욕심인가요?

내가 이 세상에서 사라지면

이런 마음도 사라지고 슬픈 감정도 사라지겠죠?

후…… 그렇겠죠.

여러분은 항상 행복하셔야 해요.

저는 그렇지 못했지만.

그동안 고마웠어요. 안녕히 계세요.

제목을 뭐라고 붙일까 3초 정도 고민하다가 그 순간 머리에 떠오르는 대로 적었다.

다 놓아 버리고 싶은 날

방금 내 손끝에서 나온 문장을 보니 눈가가 뜨거워졌다. 나는 테이블에 이마를 박고 우는 대신 손등으로 쓱 눈가를 훔쳤다. 엉망진창이던 기분이 아주 조금, 코딱지의 절반만큼 나아진 것도 같았다. 어느새 수업 시간이 다 되었다. 벌떡 일어나서 먹고 난 쟁반을 정리했다. 콜라 잔에 남은 얼음은 액체 전용 쓰레기통에 쏟아 버리고, 냅킨 뭉치들은 일반 쓰레기통에 버렸다. 지각하면 벌점이었다. 벌점 세 번이면 퇴원 조치였다. 할 수 없이 뛰어야 했다. 그게 전부였다.

그리고 그 일이 일어났다.

4

평소에는 유튜브 알림을 꺼 놓는다. 켜 놓을 필요가 별로 없기 때문이다. 그래서 하루 사이 내 인생에 무슨 일이 일어났는지 까맣게 몰랐다.

어제 오픈했던 마누카 꿀의 판매량이 예상보다 저조하다고 아빠가 엄마에게 투덜거렸다.

"매번 똑같은 포즈 좀 잡지 마. 식상해. 뭐 새로운 거 없어?"

엄마가 아빠에게 소리를 빽 질렀다. 둘은 조금 싸우다가 이내 동업자 모드로 돌아가, 아무래도 오늘은 새로운 핫플레이스 레스토랑에 찾아가서 촬영을 해야 할 것 같다는 데 동의했다. 엄마는 나에게도 함께 가자고 말했다. 사진을 찍으려면 내가 필요해서일 것이다. 나는 밀린 수학 숙제를 해야 한다는 핑계로 거절했다. 밀린 숙제에 대해 그제야 떠올랐는지 엄마 안색이 변했다.

"맞다. 저번에 못 한 것까지 싹 다 해 놔."

어차피 따라갈 마음은 전혀 없었지만 막상 그런 소리를 들으니 왠지 밑 빠진 독을 채워야 했던 콩쥐의 심정을 알 것도 같았다. 엄마 아빠는 다음 주 론칭 상품인 변비환에 대한 회의를 이어 갔다. 아빠가 갑자기 나를 보더니 이번엔 내가 비포 애프터를 찍어도 괜찮을 것 같다고 말했다. 엄마가 나보다 먼저 발끈했다.

"그게 무슨 소리야? 얘더러 똥이라도 찍으라는 거야?"

"아니, 화장실에 들어가기 전과 후 표정 샷을 주민이가 해도 괜찮겠다고. 당신이 하는 건 이미지

차원에서 좀 그렇잖아."

"미쳤나 봐. 애한테 왜 그런 걸 시켜?"

엄마는 단호하게 화를 냈다. 아주 가끔이지만 이럴 때면 그래도 내가 엄마한테 아무것도 아닌 존재는 아니구나 싶어진다. 아빠는 남의 일인 듯 뒤통수를 긁더니 더는 얘기를 꺼내지 않았다. 두 사람이 외출한 뒤 나는 내내 숙제를 하다가 늦은 오후가 되어서야 스마트폰을 확인했다.

무심코 내 계정에 들어갔을 뿐인데, 놀라운 일이 기다리고 있었다. 내가 어제 햄버거 가게에서 올렸던 영상의 조회 수가 무려 1.8만이었다. 18도 180도 아니고 1.8만. 말 그대로 '떡상'이었다. 믿어지지 않았다. 나는 손등으로 눈가를 비볐다. 총 105개의 댓글이 달려 있었다. 댓글 창을 여는 손가락이 떨렸다. 추천 수가 가장 많은 댓글은 다음과 같았다.

제발 살아 주세요!

　이게 대체 어떻게 된 영문이지? 머릿속이 하얘졌다. 알 수 없는 유튜브 알고리즘에 의해, 내 영상이 불특정 다수의 이용자들에게 노출된 것은 분명한데. 그런데 그 과정에서 내가 미처 짐작 못 한 일이 일어난 것 같았다. 나는 호흡을 가다듬으며 시간 역순으로 댓글을 하나씩 읽어 나갔다. 괜찮으냐, 살아 있느냐는 댓글이 가장 많았다. 아무리 힘들어도 절대로 나쁜 선택을 하면 안 된다는, 느낌표 가득한 글을 읽고서야 나는 영상 제목을 다시 확인했다.

다 놓아 버리고 싶은 날

아! 다수의 사람들이 오해하고 걱정하기에 충분한 제목이었다. 눈앞이 캄캄했다. 토요일 오후에 걱정스러운 영상 하나를 딱 올리고서, 그날 저녁이 되고 밤이 되고 일요일 새벽이 되어도 당사자가 등장하지 않자 사람들의 걱정이 점점 증폭되었나 보았다. 스스로 나쁜 결정을 내리러 간 게 분명하니어서 경찰에 신고하자는 사람들이 있는 반면에, 구글에서 사용자의 개인 정보를 절대로 공개하지 않으니 신고해 봐야 경찰이 아무것도 해 주지 못할 거라는 다른 사람들도 있었다.

그러다 누군가가, 내 예전 영상들의 내용을 분석한 댓글을 올렸다. 직접 자막을 붙여 놓고도 내가 올렸는지조차 잊어버리고 있던 영상이었다.

2년 전 영상 보고 왔는데, 초등 졸사 찍고 친구들이랑 걸어가서 E 아파트 상가에서 돈가스 먹었다는 말이 있어요. 거기 서울 D동이에요. 2년 전에 졸사 찍었으니 그땐 6학년. 지금은 중2겠죠. 그러니까 그 동네에 사는 중학교 2학년쯤으로 좁힐 수 있을 것 같고요. 교복 치마라는 단어도 있었으니까 여자. 그중에서 부모님이 유명한 인플루언서인 사람을 알아보면 누군지 금방 찾을 수 있을 것 같은데요.

 역시 경찰보다 네티즌 수사대가 훨씬 낫네요.

일이 이미 너무 커져 버렸다는 사실을 무섭게 깨달았다. 내 앞에는 가까스로 두 갈래의 선택지가 남아 있었다. 지금 빨리 영상을 지울 것인가? 아니면? 손가락이 허공에서 머뭇거리고 있는 사이, 댓글 한 개가 더 달렸다.

 블루하트 님, 그 심정 저도 잘 알아요. 저는 실제로 시도까지 한 적이 있었어요. 비록 실패로 끝났지만요. 성공했다면 지금 여기서 댓글을 쓸 수도 없었겠죠. 제가 비록 멀리 있지만 마음으로 꼭 안아 드릴게요. 오늘 못 견딜 만큼 힘들어도 아주 잠깐씩 숨을 참고 견디면, 내일은 조금 더 나아질 거예요. 너무 힘들면 여기 와서 아무 얘기나 해 주세요. 저희가 다 들어 드릴게요.

삭제를 결심하고 주춤주춤 앞으로 나아가던 손가락이 힘없이 밑으로 떨어졌다. 처음. 처음이었다. 이런 위로와 다독임은 태어나서 단 한 번도 받아 본 적이 없었다. 낯선 사람들이 따뜻하게 건네

♥

준 마음들을, 잡아 준 손들을, 차마 내 멋대로 지워
버릴 수는 없었다. 없던 걸로 만들 수는 없었다. 이
제 나는 어떻게 해야 좋을까?

5

그리고 마치 파도가 연달아 밀려오는 것처럼 여러 일들이 빠르게 일어났다. 누군가가 페이스북과 트위터에 내 사연을 공유했다. '이 학생을 찾아 주세요. 지켜 주세요.'라는 제목이었다. 또 누가 그걸 그대로 온라인 커뮤니티에 퍼 갔다. '유명 인플루언서 딸' '극단적 선택 암시 후 연락 두절'이라는 키워드가 세간의 폭발적인 관심을 모았다. 내 글은 '중학생의 유서'라는 타이틀을 단 채 여러 커뮤니티로 번져 갔다. '중학생 목숨을 앗아간 대한민국 사교육의 문제점. 자녀 학대한 유명 인플루언서는 누구?'라는 기괴한 제목으로 변형되기도 했다.

평소 온라인 커뮤니티에 자주 들어가는 아빠가

소문에 가장 빨랐다.

"우리 동네 중학생 사건 봤어? 이런 일이 다 있네?"

엄마가 고개를 가로저었다. 두 사람은 내 귀에 들릴까 봐 목소리를 한껏 낮춰 소곤거렸다.

"또 누가 잘못된 거야?"

"아직은 모르고, 글 남겨 놓고 실종 상태인가 봐."

"어머, 웬일이야."

"유명 인플루언서의 딸이라는데. 누군지 알아?"

"글쎄 그런 사람들이야 여기저기 많겠지 뭐."

무언가를 예감한 걸까. 엄마 대답이 다소 떨떠름했다. 아빠가 중얼거렸다.

"별일 없어야 할 텐데. 그나저나 부모가 누군지 궁금하네."

오래 궁금해할 필요는 없었다. 막강한 수사 능력을 자랑하는 대한민국의 네티즌 수사대가 곧바로 대상을 특정해 친히 찾아왔기 때문이다.

 망고밀크 님, 그 소문 정말 맞나요? 아니죠?

인스타그램의 셀카 밑에 달린 댓글을 읽고서도 엄마 아빠는 사태를 바로 파악하지 못했다. 그건 시작에 불과했다. 곧이어 유령 계정들이 대거 몰려왔다. '살인자'라는 댓글을 보자 아빠는 놀라서 폰을 바닥에 떨어뜨렸다. 액정이 깨졌다. 빨리 신고해야 될 것 같다고 아빠가 다급하게 말했다.

"마른하늘에 날벼락이라더니, 왜 엉뚱한 데 몰려와서 난리들이야."

아빠는 '그 아이'가 나라는 가능성은 전혀 염두

에 두지 않고 있었다. 그도 그럴 것이 네티즌들의 상상 속에서 '그 아이'는 이미 집을 떠나 (죽기 위해!) 어디론가 잠적한 상태였다. 그런데 자신의 딸은 지금 눈앞에서 어피치 캐릭터가 그려진 수면 바지를 입은 채 왔다 갔다 하고 있으니 당연히 둘을 연결 지어 생각하지 못하는 거였다. 엄마는 아무것도 하지 않고 오로지 자신의 인스타만을 들여다보았다. 악플 하나조차 놓치지 않겠다는 듯 소파에 정자세로 앉아 5초 간격으로 새로 고침을 하는 엄마는 마치 전투에 나서려는 사령관 같았다.

나는 그냥 거실과 주방을, 천천히, 빙빙 돌았다. 빙빙 돌기만 했다. 방문을 닫고 혼자 들어가 있으려고 했지만 무섭고 불안해서 도저히 그럴 수가 없었다. 아무 얘기를 하지 않더라도, 피부가 맞닿아 있지 않더라도, 누군가의 곁에 있어야 그나마 숨을 쉴 수 있을 것 같은 기분이었다. 그게 엄마 아빠일지라도 말이다.

엄마가 결단을 내렸다. 일단 인스타를 비공개로 돌리기로 한 것이다. 아빠는 반대했다.

"당장 꿀이랑 떡볶이 어떻게 할 거야? 그 회사 쪽에서 가만 안 있을 텐데."

"이렇게 망하나 저렇게 망하나 마찬가지잖아. 그리고 어차피 이 와중에 신규 유입자들이 물건 사러 오겠어?"

지금으로서는 마치 악플을 달기 위해 급조한 것 같은 유령 계정들의 침입을 막는 일이 가장 시급하다는 판단이었다.

"그거 우리 아니라고, 허위 사실 유포하면 법적 대응 한다고 글 하나 올릴까?"

아빠의 말에 엄마가 잠시 생각에 잠겼다. 엄마

의 다크서클이 유난히 짙은 검보라색이었다. 내 심장이 죄어 왔다.

"주민아."

엄마가 나지막하게 나를 불렀다. 올 것이 왔음을 깨달았다. 엄마가 자신이 앉은 소파 옆자리를 손바닥으로 툭 쳤다. 가까이 오라는 뜻이었다. 아빠는 그 아래 바닥에 양반다리로 풀썩 주저앉았다. 이렇게 셋이서, 서로의 콧김이 생생히 닿는 터무니없이 가까운 거리에 다정한 듯 둘러앉아 우리는 무엇을 하려고 하는지. 내가 열다섯 살이 아니라 다섯 살이라면 입을 최대한 커다랗게 벌리고서, 으아, 하는 괴성을 지르며 울어 버릴 수 있을 텐데. 이 어색한 분위기를 순식간에 뒤집어 버릴 수 있을 텐데. 어떤 시기로부터 아주 멀리 와 버렸다는 실감이 들었다.

"혹시 말이야. 엄마 아빠한테 말하지 않은 거 있니? 엄마 아빠가 알아야 되는데 아직 모르는 거. 너에 대한 거."

엄마 아빠에게 말하지 않은 것, 엄마 아빠가 모르는 것? 그건 나의 모든 것이었다. 내가 나라는 것. 그게 비밀이야, 엄마.

침묵 속에서 엄마와 나의 시선이 아주 잠깐 맞부딪혔다. 엄마의 눈동자가 고요하게 흔들리고 있었다. 거기 어려 있는 건 두려움이었다. 나는 고개를 떨궜다. 깊이, 더 깊이. 아빠가 무슨 말인가를 하려고 하자 엄마가 살짝 제지했다.

"주민아, 이제 말해 줄 수 있어? 그거, 혹시 너야?"

우리 엄마가 이런 상황에서 이렇게 차분하고 침착하게 말할 수 있는 사람인 줄 지금까지 나는 몰

주민아.

혹시 말이야. 엄마 아빠한테 말하지 않은 거 있니?

엄마 아빠가 알아야 되는데 아직 모르는 거. 너에 대한 거.

엄마 아빠에게 말하지 않은 것, 엄마 아빠가 모르는 것? 그건 나의 모든 것이었다.

랐다. 엄마가 나의 진심에 대해 아는 게 별로 없듯이 나 역시 엄마에 대해 그런지도 몰랐다. 피할 수 없는 순간이었다. 내가 대답해야 할 차례였다. 나는 입술을 움직이려고 애썼다. 어쩌면 나는 아니라고 말할 수 있을지도 몰랐다. 내가 블루하트인 건 맞지만 블루하트가 쓴 글 속의 '나'가 완벽한 진짜 나는 아니니까. 엄마가 망고밀크인 건 맞지만 망고밀크가 올리는 SNS 속의 엄마가 완전히 진짜 엄마가 아닌 것처럼.

나는 "응."이라고 아주 조그맣게 말했다. 아빠는 상황을 파악하지 못하고서 얼떨떨한 표정을 지었다.

"말이 돼? 넌 지금 여기 있잖아. 걔는 글 남기고 사라졌는데 왜 네가 걔야? ⋯⋯야, 너 설마."

아빠가 자리에서 벌떡 일어섰다.

주민아, 이제 말해 줄 수 있어?

그거, 혹시 너야?

응.

"뻥으로 올린 거야? 요즘 말로 그 뭐냐, 조작. 그거 한 거야?"

아마도 '주작'을 말하고 싶었던가 보았다. 나는 잠자코 아랫입술을 깨물었다.

"야, 대답해 봐. 너 인마, 너 때문에 지금 엄마 아빠 일 다 망하게 생겼잖아. 아무리 철이 없어도 그렇지. 뒷일 생각도 안 하고 그런 장난을 치고 싶어? 부모가 뭐 하는 사람인지 몰라? 에이 씨, 정말."

아빠가 내게 이렇게 화를 쏟아 내는 건 처음이었다. 아주 어릴 때부터 아빠는 나에 관련된 여러

일들을 늘 엄마에게 미루었다. 자신도 이주민이라는 아이의 부모 중 하나이기는 하지만, 최종 책임자는 아니라는 식이었다. 내가 뭔가를 잘못해서 엄마에게 혼나고 있으면 아빠는 가끔 놀러 오는 마음씨 좋은 이웃집 아저씨처럼 한 마디씩 거들곤 했다. "얼른 엄마한테 죄송하다고 해." 습관적으로 엄마를 말리는 시늉도 했다. "그만해. 똑똑한 애니까 나중에 다 알아서 잘할 거야."

나는 아빠가 주먹으로 소파를 내리치며 분노하

는 모습을, 엄마에게 애가 뭐 하고 다니는지도 몰랐느냐고 짜증 내는 모습을 낯설게 바라보았다. 그리고 엄마는 아무 말도 하지 않았다. 창백한 낯빛으로 식물처럼 조용히 자리에 앉아서 어딘지 모를 곳을 바라보기만 했다. 차라리 내 어깨를 거칠게 잡고 마구 흔들어 대기라도 한다면, 언젠가 네가 이런 사고를 칠 줄 알았다고 당장 이 집에서 나가서 마음대로 살라고 소리친다면 좀 나을지도 몰랐다.

"그거 지금 볼 수 있어?"

엄마가 마침내 입을 열었다.

"네가 올린 그 영상 말이야. 아직 남아 있어?"

엄마의 물음에 나는 고개를 끄덕일 수밖에 없었다. 내 유튜브 계정을 알려 주고, 나는 내 작은 방으로 들어왔다. 차마 그 옆에 있을 수는 없었다. 창문이 열려 있었을까, 방문 닫는 소리가 깜짝 놀랄 만큼 크게 울렸다. 부모님은 내가 일부러 문을 거칠게 닫았다고 오해할지도 몰랐다. 그게 아니라고, 문을 세게 닫고 싶은 마음이 없었던 건 아니지만 이렇게까지 쾅 닫으려고 했던 것은 아니라고 변명하고 싶었다. 문을 조심조심 닫은 것은 결코 아니지만 이렇게까지 큰 소리로 닫힐 줄은 몰랐다고, 의도하지 않은 기이한 우연의 결과를 나도 어떻게 감당해야 할지 모르겠다고 흐느끼며 고백하고 싶었다. 그렇지만 나는 이불을 뒤집어쓴 채 아무 기척을 내지 않았다.

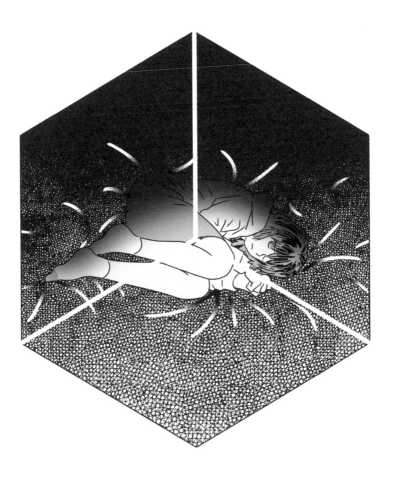

6

부모님은 아무것도 묻지 않았다. 그래서 나도 아무것도 대답하지 않았다. 그게 정말로 유서였느냐고 물었다면 나는 어떻게든 더듬더듬 대답을 찾으려고 했을 것이다.

학교에 갔지만 네가 혹시 블루하트냐고 확인하려 드는 애들은 없었다. 나는 평소와 똑같은 교복을 입고 똑같은 가방을 메고 똑같은 걸음걸이로 등교했다. 내가 멀쩡히 나타났다는 사실이 내 결백을 증명했다. 블루하트는 여기 존재할 수 없었다. 작별 인사를 하고 떠났으니까.

마침 어떤 3학년 선배 하나가 무단결석을 했다. 집에 전화를 해도 연락이 되지 않는다고 했다. 그가 블루하트라는 소문이 속삭속삭 퍼졌다. 그러나 대부분의 아이들은 별 관심 없는 눈치였다. 남의 문제로 들썩이기엔 이 동네 아이들은 각자의 일들로 너무 바빴다.

"그 블랙인가 블루인가 뭔가 실존 인물 아니라던데?"

은결이가 논술 학원에서 듣고 온 이야기를 전했다.

"우리 원장님이 그러는데 누가 일부러 만들어 낸 캐릭터래. 한국 사회와 교육 문제, 청소년 문제, 뭐 그런 기타 등등에 대해서 논란거리를 던진 다음에 대중들의 반응을 알아보는 사회 실험으로 추정된대. 온라인 커뮤니티에 원래 그런 글 많다며."

은결이는 그 불똥이 괜히 자기한테 튀었다고 투덜댔다. 학원에서 사이버 여론 조작에 대한 글을

1,000자 내외로 써 오라는 과제를 내 주었다는 것
이다.

"어차피 금방 다 잊힐 텐데."

은결이가 뱉은 말이 옳았다. 이틀 뒤 인기 아이
돌의 만취 음주 운전 사건이 터졌다. 옆자리에 연
상의 스타 여배우가 타고 있었다고 했다. 네티즌의
관심이 모두 거기로 쏠린 듯했다. 엄마의 인스타그
램도 곧 잠잠해졌다. 비공개로 돌리고 댓글까지 제
한한 덕분이기도 했다. 마누카 꿀과 떡볶이 키트
주문이 약간 저조하긴 했지만 심각한 타격을 입을
정도는 아니었다. 발 빠르게 외부 유입을 차단한
게 신의 한 수였다고 아빠가 모처럼 엄마를 칭찬했
다. 엄마는 대꾸하지 않았다. 그날 이후 가장 크게
달라진 건 이 세상이 아니었다. 엄마였다.

엄마는 마치 몸 안의 나사들을 다 뺐다가 다시

조립하는 과정에서, 가장 작고 단단한 부속품 하나를 어딘지 모르는 곳에 놔두고 온 사람 같았다. 내가 학교에서 돌아오면 온 집 안에 물건 샘플을 늘어놓고 사진을 찍는 대신에 안방의 암막 커튼을 내리고 누워 있거나, 식탁 의자에 우두커니 앉아 있곤 했다. 나는 차마 입을 떼지 못한 채 가방만 바꿔 들고 학원으로 갔다.

유튜브에 들어가지 말아야겠다고 결심했지만 마음대로 되지는 않았다. 계속 참다가 숨이 턱까지 차오를 것 같을 때 못 참고 들어갔다. 댓글 개수를 재빨리 확인하고 새로 달린 글만 눈으로 훑었다. 시간이 지날수록 내 안부를 염려하는 글은 확연히 줄어들고, 어떻게 된 일인지 밝히라는 댓글들이 올라오고 있었다.

블루하트 님, 해명 안 하실 건가요? 사람들이 걱정하는 거 안 보여요? 민폐 잔뜩 끼쳤으니 죽었는지 살았는지 알려 줘야 할 거 아니에요?

내가 만약 죽었다면 생사를 알리고 싶어도 방법이 없을 것이다. 그러나 나는 그러지 않았으므로 대답해야 했다. 무슨 말이든 해야 했다. 그게 맞는다는 건 어렴풋이 알면서도 용기가 나지 않았다.

시간은 조금씩 흘러갔다. 엄마의 인스타는 다시 전체 공개로 설정이 바뀌었다. 피드에 '유튜버 따님은 어떻게 되었나요? 별일 없이 잘 있나요?'라는 댓글이 한 개 달렸다. 프로필에 서너 살쯤으로 보이는 자기 아들 사진을 올려 둔 이용자였다. 그 댓글의 '좋아요'는 그새 열 개에 달했다.

"아무 말 없이 그냥 하트를 누르고 간 사람들이

저렇게 많네."

엄마가 혼잣말처럼 중얼거렸다. 아빠는 그 이용자를 차단하고도 분이 풀리지 않는지 씩씩거렸다.

"또 나타나기만 해 봐라. 바로 신고할 테니까."

엄마가 반문했다.

"무슨 죄목으로?"

"뭐냐, 그 허위 사실 유포나 모욕죄 같은 거 있잖아."

"그 질문에 허위 사실이나 모욕이 어디 있어?"

엄마가 물기 없는 목소리로 반문했다. 아빠가 멋쩍게 헛기침을 했다. 우리는 이번 공동 구매 제품인 한우곰탕 팩을 데우고, 다음 공구 제품 중 하나인 배추김치를 꺼내어 밥을 먹었다. 그다음 차례로 전라도식 김치 3종 세트, 포토 스튜디오의 사진 촬영 할인권, 캘리포니아산 견과류 믹스 등이 대기

하고 있었지만, 예전에 계약된 것들일 뿐 새로운 협업 제안은 거의 없다고 말하면서 아빠가 한숨을 내쉬었다. 나는 숟가락질을 멈출 수도 없고 계속할 수도 없었다. 엄마가 말없이 일어나더니 내 국그릇에 곰탕 국물을 더 부어 주었다.

나는 엄마 인스타에 달린 질문을 되뇌었다. '유튜버 따님.' 엄마도 아빠도, 우리 집에 그런 애가 없다고는 대답하지 않았다. 우리 애가 올린 글이 아니라고도 하지 않았다. 엄마 아빠는 최소한 그런 거짓말은 하지 못하는 사람들이구나, 라고 나는 생각했다. 우리는 조용히 각자의 밥알을 씹었다.

"오, 이거 어때?"

아빠가 갑자기 소리쳤다. 사진 촬영 할인권의 홍보 방법에 대해 고민하다가 번뜩 구상이 떠올랐다고 했다.

　"샘플로 우리 가족사진을 찍어서 올리는 거야!"

　엄마도 나도 얼른 고개를 저었지만 아빠는 이미 자신의 아이디어에 흥분한 상태였다.

　"적어도 얘가, 아니지, 우리가 이렇게 잘 있다는 증명은 될 거 아니야. 아무 변명 안 해도."

7

　사진관 건물은 아주 컸다. 탈의실 옷걸이에 여러 벌의 옷이 걸려 있었다. 우리는 거기서 시키는 대로 흰색 셔츠와 청바지로 갈아입었다. 셋이 똑같은 차림이었다. 우리에게 배정된 스튜디오는 넓지 않은 공간에 벽과 바닥이 온통 새하앴다. 정중앙에 스툴 의자가 하나뿐이었다. 내가 앉고, 엄마 아빠가 양쪽에 서라고 했다.

　담당 사진작가님은 젊은 여성이었다. 카메라 앞에 서는 게 직업인 엄마를 빼고, 아빠와 나는 어색하기 짝이 없는 표정을 지었을 텐데도 셔터를 누를 때마다 연신 '좋아요!' '잘하고 계세요.' 하고 추임새를 넣었다. 웃으라는 주문이 가장 어려웠다.

입을 활짝 벌리고 표정 근육을 잔뜩 사용하느라 우리는 애를 썼다. 어떤 사람에게는 웃는 얼굴로, 또 어떤 사람에게는 찡그리는 것으로 보일 것이다. 울기 직전의 표정으로만 보이지 않는다면 다행일 것이다.

사진작가님이 이번에는 어깨동무 포즈를 취해 보라고 했다. 나는 의자에서 일어섰다. 부모님과 나란히 섰다. 엄마와 아빠가 각자 팔 하나씩을 내 등에 둘렀다. 나는 어정쩡하게 양손을 모은 채 똑바로 섰다.

"주민 양은 힘 좀 빼요. 전체적으로."

작가님이 소리쳤다. 그 말을 듣자 도리어 얼어붙었다. 힘을 빼는 건 어떻게 하는 걸까. 그런데 그게 다가 아니었다.

"자, 이제 그 상태에서 다 같이 자연스럽게 뒤를

돌아볼 거예요."

엄마는 왼쪽, 아빠는 오른쪽으로 동시에 돌려다가 가운데 있는 내가 움찔 넘어질 뻔했다.

"어, 미안 미안."

엄마 아빠가 반사적으로 사과했다. 잠시 아주 짧은 침묵이 우리를 스쳐 지났다. 나도 엄마 아빠의 허리에 느슨하게 한 팔씩을 감았다. 작가님은 우리의 뒷모습을 찍기 시작했다.

"네, 좋아요. 아주 좋아요."

뒤에서 찰칵찰칵 빠르게 셔터를 눌러 대는 소리가 들려왔다. 우리 세 사람의 뒷모습은 어떨까. 한 번도 본 적 없는데. 우스꽝스럽지 않을 자신은 없었다.

며칠 후, 엄마의 인스타그램에 가족사진 두 장

이 업로드되었다. 앞모습 한 장, 뒷모습 한 장. 나란히 섰을 땐 의식하지 못했는데 사진으로 보니 우리 셋의 키와 체구가 얼마 차이 나지 않았다. 서로 팔을 두르고 선 세 사람의 뒷모습 — 뒤통수와 등판과 엉덩이와 발뒤꿈치 — 은 역시 우스꽝스러웠고 또 이상하게도 조금 슬펐다. 나는 가만히 하트를 눌렀다.

그리고 내 유튜브 계정에 들어갔다. 내가 올린 영상도, 댓글들도 다 그대로 있었다. 늦었지만 이제는 정말로 무언가를, 어떤 해명의 글을, 아니 사과의 글을, 아니 아니 그냥 내 마음에 대한 글을 써야 했다. 늦었지만, 더 늦기 전에. 영영 늦어 버리기 전에. 화면 속의 업로드 버튼이 나를 기다리고 있었다.

정이현

여러 가지 일들이 동시다발적으로 막 쏟아지는 것 같은데

반면에 아무 일도 일어나지 않고 시간이

멈춰 선 것처럼 느껴지던 때가 있었습니다.

스스로가 한 알갱이의 우주 먼지 입자인 것 같은데

반면에 세상에서 가장 중요한 존재인 것도 같았고요.

저의 열다섯 살은 그런 나이였다고 생각합니다. 여러분은 어떤가요?

소설의
첫 만남 **25**

하트의 탄생

초판 1쇄 발행 | 2022년 8월 12일
초판 5쇄 발행 | 2023년 10월 19일

지은이 | 정이현
그린이 | 불키드
펴낸이 | 염종선
책임편집 | 김도연
펴낸곳 | (주)창비
등록 | 1986년 8월 5일 제85호
주소 | 10881 경기도 파주시 회동길 184
전화 | 031-955-3333
팩스 | 영업 031-955-3399 편집 031-955-3400
홈페이지 | www.changbi.com
전자우편 | ya@changbi.com

ⓒ 정이현 2022
ISBN 978-89-364-3103-7 44810
ISBN 978-89-364-5965-9 (세트)

소설의
첫 만남
활용북

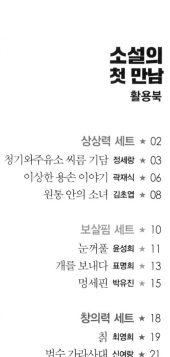

새로운 세계를 그려 보는 힘

상상력 세트

소설의 첫 만남
13-15

ISBN 978-89-364-5899-7(3권)

청기와주유소 씨름 기담

정세랑 소설 | 최영훈 그림 | 값 8,800원 | ISBN 978-89-364-5900-0

한밤중에 도깨비와 씨름을?
잃을 것 없는 알바 인생, 이상한 제안을 받아들였다!

열 살이 되기 전부터 뚱뚱했던 소년. 씨름 선수를 그만두고 주유소에서 아르바이트를 하고 있다. 그런데 어느 날 점장님이 기묘한 제안을 해 왔다. 도깨비와 씨름을 해서, 이기라고. 모두의 호기심을 자극하는 유쾌하고 기묘한 소설.

이상한 용손 이야기

곽재식 소설 | 조원희 그림 | 값 8,800원 | ISBN 978-89-364-5901-7

소년의 마음이 일렁이면 비가 내린다
SF 작가 곽재식이 들려주는 사랑스러운 성장 소설

자신이 용의 자손이라는 것을 알게 된 소년. 소풍 가는 날마다 꼬박꼬박 비가 온 것도 사실은 용이 가진 능력 때문이 아닐까? 소년은 자신의 힘을 다스리려 애쓰지만 다짐처럼 쉽지만은 않은데…….

원통 안의 소녀

김초엽 소설 | 근하 그림 | 값 8,800원 | ISBN 978-89-364-5902-4

우리가 함께 산책을 할 수 있을까요?
자유를 꿈꾸는 두 사람, 지유와 노아의 이야기

첨단 나노 기술로 미세 먼지를 정화하는 미래 도시. 하지만 나노 입자에 알레르기를 보이는 지유는 투명한 플라스틱 원통에 갇혀 지내야 한다. 차이와 차별, 그리고 자유를 갈망하는 마음에 관한 아름다운 이야기.

청기와주유소 씨름 기담

정세랑

1. 도깨비와 씨름을 해서 이겨 달라는 점장님의 부탁처럼 어느 날 터무니없어 보이는 제안을 받는다면 어떨까? 과연 그 제안을 받아들일지 이야기해 보고, 종목을 스스로 정할 수 있다면 무엇으로 겨루고 싶은지 생각해 보자.

2. 다음은 작품 안에서 청기와주유소를 설명한 부분이다. 우리 동네에도 이처럼 지역을 대표할 수 있는 랜드마크가 있는지 생각해 보고, 그곳의 역사 및 특징을 조사해 보자.

- 유명 정유 회사의 1호점이었고, 43년 동안 홍대의 랜드마크였다.

- 어떻게 랜드마크를 허문단 말인가? 주변의 모든 것들이 '청기와'라고 불리는데? 청기와주유소가 사라지면 택시를 타서 이 부근을 어떻게 설명한단 말인가?

3. 만약 주인공이 씨름에서 도깨비에게 패배했다면 주인공의 인생은 어떻게 달라졌을까? 혹은 달라지지 않았을까? 자유롭게 상상해 보자.

이상한 용손 이야기

곽재식

1. 작품의 내용을 참고하여 처음 사랑에 빠지면 어떤 기분일지 표현해 보자.

> 그녀를 처음 봤을 때, 전기가 통했다. 조금의 과장도 아닌 것이, 진짜 번개가 치면서 하늘과 땅 사이에 8천 5백만 볼트의 전기가 통했다.

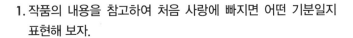

2. 작품 속에 등장하는 과학 연구 수업처럼 기상천외한 실험을 할 수 있다면 어떤 실험을 하고 싶은지 자유롭게 이야기해 보자.

3. 용을 제외하고 상상 속의 생물을 조사해 보자. 그 생물의 자손이라면 어떤 능력을 물려받게 될지, 그 능력을 다른 사람을 위해 어떻게 쓸 수 있을지 상상해 보자.

예) 인어, 도깨비

원통 안의 소녀

김초엽

1. 지유가 살고 있는 미래 도시의 특징을 정리해 보고, 이에 대한 한 줄 평가를 내려 보자.

도시의 특징	한 줄 평가
과학 기술의 발전	
복제 인간의 인권	

2. 다음은 지유가 타고 다니는 원통의 모습을 화가가 상상해서 표현한 그림이다. 지유가 어떤 모습의 원통을 타고 있을지 새롭게 상상해 그려 보자.

3. 작품 속에서 지유와 노아는 점점 마음을 열며 친해진다. 두 사람이 서로를 가깝게 느낄 수 있었던 공통점이 무엇인지 생각해 보자.

....

....

....

....

닫힌 마음을 여는
보살핌 세트

소설의 첫 만남
16-18

ISBN 978-89-364-5924-6(3권)

눈꺼풀

윤성희 소설 | 남수 그림 | 값 8,800원 | ISBN 978-89-364-5926-0

멈춘 시간을 깨우는 다정한 귓속말
머리맡에서 나를 붙잡아 주는 소중한 목소리들

'나'는 친구에게 바람을 맞고 혼자서 길을 헤매다가 불의의 사고를 당한다. 정신을 차려 보니 병실 침대에 누워 있다는 걸 깨닫는다. 병간호를 오는 아빠, 엄마, 누나에게서 여러 이야기를 들으며 소중했던 기억들을 떠올리는데…….

개를 보내다

표명희 소설 | 진소 그림 | 값 8,800원 | ISBN 978-89-364-5927-7

너의 시간이 멈췄으면 좋겠어
동생이자 친구였던, 나의 작은 개 이야기

갑작스럽게 진서네 집에 오게 된 유기견 진주. 가족들의 무관심 속에 아파트 베란다에서 쓸쓸히 지내던 진주에게 진서는 점점 마음이 쓰인다. 하지만 어느덧 열세 살이 된 개 진주는 건강하던 모습을 잃고 야위어 가는데…….

멍세핀

박유진 소설 | 안유진 그림 | 값 8,800원 | ISBN 978-89-364-5928-4

나의 아홉 번째 엄마, 멍을 지켜야 한다
"나는 조세핀을 멍세핀이라고 불렀다. 줄여서 멍."

외로운 아이 태영은 아홉 번째 보모로 온 조세핀에게 겨우 마음을 연다. 언제나 태영의 편을 들어 주는 건 엄마가 아닌 멍세핀. 그러던 어느 날 멍세핀이 쫓겨날 위기에 처한다. 태영은 멍세핀을 지킬 수 있을까?

눈꺼풀

윤성희

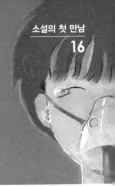

1. 주인공이 어떤 장소에서 어떤 인물과 만났는지를 생각하며 주인공에게 일어난 일과 주인공이 한 생각을 정리해 보자.

	주인공이 만난 인물	일어난 일
정자	할아버지	
버스 정류장	꼬마 아이	버스 충돌 사고가 일어남
응급실	아빠	
	엄마	
	할머니	
	누나	

2. 주인공은 버스에서 의자 비닐을 찢는 아이를 보고 한마디 하려 하지만, 우는 아이의 모습을 보고 아무 말도 하지 못한다. 이 일 이후 학교에 갈 때 주인공은 버스의 비닐이 찢어진 의자에만 계속 앉는다. 주인공이 어떤 심경으로 그 자리에 앉았을지 생각해 보자.

3. 몸이 아픈 누군가를 간호해 주어야 할 때, 무엇을 할 수 있을지 자유롭게 얘기해 보자.

 - 친구에게 들은 재밌는 이야기를 해 준다.
 - 화장실에 가다가 넘어지지 않도록 잘 부축해 준다.
 - 싱싱한 과일을 깎아 준다.
 -
 -
 -

개를 보내다

표명희

1. 유기견 진주를 받아들이는 진서네 가족이 어떤 태도 변화를
거쳤는지 정리해 보자.

진서	
아빠	
엄마	

2. 진서가 진주에게 마음을 열게 된 계기는 무엇이고, 둘에게 어떤 공통점이 있었는지 생각해 보자.

계기

공통점

3. 반려동물을 키웠던 경험이 있다면 동물을 보살피면서 느꼈던 점을 이야기해 보자. 반려동물을 키운 경험이 없다면, 만약 내가 동물을 데려온다면 어떤 준비가 필요할지 생각해 보자.

멍세핀

박유진

1. 각각의 등장인물이 멍세핀에 대해 어떤 생각을 가지고 있을지
유추하여 정리해 보자.

2. 멍세핀은 색연필, 공책, 초콜릿, CD 등이 담긴 박스를 필리핀에 보낸다. 소중한 사람에게 택배를 보낼 수 있다면, 거기에 무엇을 담을지 구체적으로 적어 보자.

3. 작품에서는 멍세핀의 말이 진실이었는지 거짓이었는지 끝까지 밝혀지지 않는다. 필리핀으로 추방된 멍세핀이 태영에게 편지를 보낸다고 했을 때, 편지의 내용을 짐작해 보자. 단 멍세핀의 말이 진실이었을 경우와 거짓이었을 경우를 나누어 써 보자.

진실	거짓

새로운 길을 찾는 힘
창의력 세트

소설의 첫 만남
19-21

ISBN 978-89-364-5925-3(3권)

칡

최영희 소설 | 김윤지 그림 | 값 8,800원 | ISBN 978-89-364-5929-1

고립된 마을, 괴물 칡을 피해 탈출해야 한다!
덩굴 속에 감춰진 진실을 파헤치는 모험

갑작스러운 주민 대피령으로 텅 빈 마을. 시훈이는 동생의 애착 담요를 가져오기 위해 다시 마을로 향한다. 입구를 지키는 군인을 피해 마을에 들어간 시훈이는 온 마을을 뒤덮은 괴물 칡을 마주하는데…….

범수 가라사대

신여랑 소설 | 하루치 그림 | 값 8,800원 | ISBN 978-89-364-5930-7

사색과 허세 사이, 아슬아슬 범수의 외출
군중 속의 고독이란 이런 것인가! 뼛속까지 고독하군

이제 막 중2가 된 범수는 사색에 찬 산책을 하며 밀려오는 고독을 느낀다. 은근한 뿌듯함과 함께. 한편 변해 버린 범수를 바라보는 엄마의 눈에는 범수의 행동이 그저 허세로만 보이는데……. 어머니, 진정하십시오. 저는 중2병이 아닙니다!

아이 캔

임어진 소설 | 임지수 그림 | 값 8,800원 | ISBN 978-89-364-5931-4

고마웠어, 캔. 나를 지켜 줘서
소년 룬과 구형 로봇 캔의 가슴 뭉클한 우정

로봇과 함께 살아가는 미래 사회, 하지만 인간과 닮은 로봇을 보는 시선이 곱지만은 않다. 불의의 사고로 엄마를 잃은 소년 룬은 캔에게 의지해 몸과 마음을 회복해 나간다. 그러던 어느 날 룬은 피할 수 없는 결정을 내려야 하는데…….

칡

최영희

1. 주변의 일상적인 물건 혹은 생명체가 우리를 위협하는 존재로
   변한다면 어떤 형태와 능력을 가졌을지 상상해 그려 보자.

2. 시아의 애착 담요 놈놈이처럼 자신에게 힘이 되어 주는 무언가가 있는지 생각해 보고 이야기를 나눠 보자.

3. 시훈이가 상상한 묘비명처럼 자신이 어떻게 기억되길 바라는지 생각하며 묘비명을 써 보자.

16세 한시훈.
동생 담요도 가져다주지 못하고 칡밭에서 죽다.

·············· 묘비명 ··············

범수 가라사대

신여랑

1. 이 작품에서 범수는 '사색'과 '산책'에 몰두한다. 범수처럼 주위의 시선을 신경 쓰지 않고 어떤 것에 몰두했던 경험이 있다면 이야기해 보자. 그리고 그 행동을 주위 사람들이 어떻게 받아들였는지 기억나는 대로 써 보자.

경험	주위의 반응

2. 범수는 늘 신고 다니던 운동화가 전족같이 느껴진다고 호소한다. 학교나 일상 속 규칙이 답답하게 다가온 경험이 있는지, 어떻게 개선되면 좋을지 적어 보자.

"그러니까 어머니, 운동화가요, 전족 같다는 겁니다."
"지금껏 잘만 신고 다니던 운동화가 왜 이제 와서 전족 같은데!"
"아, 그야 알을 깨고 나왔다고 할까요. 저도 이제 그럴 나이가 됐잖습니까?"

3. 범수는 '빨간색 형광 쓰레빠'를 신고도 교문에서 선도부에게 걸리지 않는다. 만약 범수가 '빨간색 형광 쓰레빠' 때문에 학교에서 반성문을 쓰게 된다면, 범수의 입장에서 어떻게 적을지 생각해 보자.

아이 캔

임어진

1. 소설 속 로봇 캔의 모습을 참고하여 내가 생각하는 캔의 모습을 그려 보자.

캔은 조금 단순하고 친근한 쪽이었다. 인간의 신체와 이목구비를 똑같이 흉내 냈다기보다는 초기 로봇들의 특징대로 어딘가 애니메이션 캐릭터를 더 닮아 있었다. 피부와 눈동자의 움직임까지 진짜 사람에 가까워진 최신 안드로이드와는 비교가 안 됐다.

2. 캔은 인간의 감정을 읽고 반응하며 스스로 생각하고 대화를 나눌 수 있는 로봇이다. 나에게도 캔과 같은 로봇 친구가 있다면 함께 무엇을 하고 싶은지 자유롭게 이야기해 보자.

(캔은) 나에 대해서라면 모르는 게 없었다. 내 성장 기록과 영상은 모두 캔에게 저장되어 있었다. 엄마는 뭔가 잘 기억나지 않으면 바로 캔을 불렀다. 캔은 엄마가 좋아하는 시인들의 시와 가수들의 곡은 모조리 저장하고 있었다. 엄마와 나는 캔이 모르는 신곡을 누가 더 많이 찾아내나 내기를 하기도 했다.

엄마가 바쁠 때면 나는 종일 캔과 지냈다. 같이 게임을 하고 자전거를 타고 간식을 만들어 먹고…….

3. 사람의 인권처럼 로봇의 권리를 인정하는 '로봇 보호법'을 제정한다고 했을 때, 아래와 같이 대한민국헌법 제2장의 조항들을 참고해 어떤 법안을 마련할 수 있을지 토의해 보자.

대한민국헌법 [시행 1988. 2. 25] [헌법 제10호, 1987. 10. 29., 전부개정]

제2장 국민의 권리와 의무
제10조
모든 국민은 인간으로서의 존엄과 가치를 가지며, 행복을 추구할 권리를 가진다. 국가는 개인이 가지는 불가침의 기본적 인권을 확인하고 이를 보장할 의무를 진다.

제11조
①모든 국민은 법 앞에 평등하다. 누구든지 성별·종교 또는 사회적 신분에 의하여 정치적·경제적·사회적·문화적 생활의 모든 영역에 있어서 차별을 받지 아니한다.
②사회적 특수계급의 제도는 인정되지 아니하며, 어떠한 형태로도 이를 창설할 수 없다.
③훈장등의 영전은 이를 받은 자에게만 효력이 있고, 어떠한 특권도 이에 따르지 아니한다.

제12조
①모든 국민은 신체의 자유를 가진다. 누구든지 법률에 의하지 아니하고는 체포·구속·압수·수색 또는 심문을 받지 아니하며, 법률과 적법한 절차에 의하지 아니하고는 처벌 · 보안처분 또는 강제노역을 받지 아니한다.
②모든 국민은 고문을 받지 아니하며, 형사상 자기에게 불리한 진술을 강요당하지 아니한다.
③체포·구속·압수 또는 수색을 할 때에는 적법한 절차에 따라 검사의 신청에 의하여 법관이 발부한 영장을 제시하여야 한다. 다만, 현행범인인 경우와 장기 3년 이상의 형에 해당하는 죄를 범하고 도피 또는 증거인멸의 염려가 있을 때에는 사후에 영장을 청구할 수 있다.

로봇 보호법

제1조

①모든 로봇은 로봇으로서의 존엄과 가치를 가진다. 인간은 로봇이 가지는 불가침의 기본적 로봇권을 확인하고 이를 보장할 의무를 진다.

②모든 로봇은 인간과 같이 법률에 의하지 아니하고는 체포·구속·압수·수색 또는 심문을 받지 아니하며, 법률과 적법한 절차에 의하지 아니하고는 처벌·보안처분 또는 강제노역을 받지 아니한다.

제2조

①모든 로봇은 법 앞에 평등하다. 소유권을 가진 인간의 성별·종교·사회적 신분뿐만 아니라 로봇의 연식·제조처·기능과 종류 등에 의하여 정치적·경제적·사회적·문화적 생활의 모든 영역에 있어서 차별을 받지 아니한다.

②

③

제3조

제4조

엄마의 이름

권여선 소설 | 박재인 그림 | 값 8,800원 | ISBN 978-89-364-5948-2

있는 그대로 서로를 사랑하기로 결심한 엄마와 딸 이야기
작가 권여선의 첫 청소년소설

반희는 딸 채운을 아끼기에 딸이 자신을 닮지 않고, 다르게 살기를 바란다. 딸과도 거리를 두는 엄마 반희에게 내심 서운했던 채운은 어느 날 함께 여행을 가자고 제안한다. 단둘이 떠나는 첫 여행 동안 두 사람은 서로를 '엄마'와 '딸'이 아닌 각자의 이름으로 부르기로 약속하는데……

유리와 철의 계절

아말 엘모타르 소설 | 이수현 옮김 | 김유 그림 | 값 8,800원
ISBN 978-89-364-5949-9

넌 아무것도 잘못하지 않았어
서로를 구원하기 위해 다시 쓰는 사랑 이야기

태비사는 무쇠 구두를 신고 걸어야 하는 저주에 걸렸다. 아미라는 유리 언덕 꼭대기에 앉아 꼼짝하지 못한다. 어느 날 유리 언덕을 발견한 태비사는 비탈을 올라 아미라를 만난다. 마법에 걸린 태비사와 아미라, 두 사람은 행복해질 수 있을까?

우리 미나리 좀 챙겨 주세요

듀나 소설 | 이현석 그림 | 값 8,800원 | ISBN 978-89-364-5950-5

기계와 인간의 경계에서
작가 듀나가 던지는 편견 없는 질문

해남고생물공원에는 타조 DNA를 기반으로 만든 생물학적 공룡 '미나리'가 산다. 25년 동안 아기로 살아온 메카 공룡 '소담이'는 그런 미나리에게 친구가 되어 준다. 미나리를 돌보는 메카 인간 '현승아'는 어느 날 소담이와 미나리가 사라진 것을 발견하는데……

엄마의 이름

권여선

1. 나에게 소중한 사람의 이름에 어떤 의미가 담겨 있는지 알아 보자. 내 이름은 누가, 어떤 뜻을 담아 지었는지도 함께 정리 해 보자.

   ▶ 소중한 사람의 이름:

   ▶ 이름의 뜻:

   ▶ 내 이름을 지어 준 사람:

   ▶ 이름의 뜻:

2. 가족이나 친구와 여행을 떠날 수 있다면 누구와, 어디로 떠나 고 싶은지 여행 계획을 세워 보자.

   예시 ▶ 함께 떠나고 싶은 사람: 할머니
       ▶ 가고 싶은 곳: 할머니 고향에 찾아가 할머니가 어린 시절
                     즐겨 먹던 맛집에 찾아가 보고 싶다.

   ▶ 함께 떠나고 싶은 사람: ···

   ▶ 가고 싶은 곳: ···

3. 시대가 흐름에 따라 단어에 담긴 차별적인 의미나 부정적인 인식을 깨닫고, 새로운 표현으로 바꾸는 사례를 조사해 보자. 일상적으로 사용하는 표현 중 문제의식을 느낀 단어가 있다면 수정 방향을 친구들과 이야기해 보자.

예시 ▶ 살색 → 살구색   ▶ 유모차 → 유아차

이전 표현	새로운 표현

4. 본문에서 엄마가 "쩔었어.", "빡세네."와 같은 신조어를 사용하는 모습을 통해 작가가 드러내고자 한 바가 무엇일지 생각해 보자.

엄마, 이번 여행 어땠어?

쩔었어.

채운이 기가 막힌 얼굴로 반희를 보았다.

좋았다는 뜻이지?

응.

뭐가 그렇게 쩔었어?

음, 내 딸을 좀 더 잘 알게 되고 이해하게 되었다고나 할까?

유리와 철의 계절

아말 엘모타르

1. 태비사와 아미라에게 걸린 마법은 무엇인지, 누가, 그리고 왜 그런 마법을 걸었는지 정리해 보고, 그 이유가 타당했는지 이야기해 보자.

	태비사	아미라
마법		
마법을 건 사람		
이유		

2. 아래 장면에서 아미라가 태비사에게 기러기 이야기를 꺼낸 이유는 무엇일지 생각해 보자.

"당신은 왜 무쇠 구두를 신고 걷나요?"
태비사가 입을 떼지만 말을 잇지 못하고, 아미라는 그 말들이 태비사의 입 안에서 찌르레기 떼처럼 넘실대는 모습이 보인다. 이마리는 화제를 바꾸기로 한다.
"기러기가 머리 위로 날아갈 때 나는 소리 들어 봤나요? 흔히 아는 끼룩끼룩 소리 말고, 날갯소리요. 기러기 날갯소리 들어 봤어요?"

3. 아래는 아말 엘모타르의 '작가의 말'이다. 밑줄 친 문장의 의미에 대해 생각해 보면서 옛날이야기 하나를 골라 다시 쓰기를 해 보자.

이 이야기는 조카를 위해 썼습니다. 그 아이가 일곱 살 때 나보고 옛날이야기를 하나 해 달라고 했는데, 머릿속에 떠오르는 이야기는 하나같이 여자들이 서로에게 잔인하고 끔찍하게 구는 내용이 있더군요. 그런 이야기 말고, 여자들이 서로를 사랑하고 서로를 구하는 이야기를 해 주고 싶었기에 제가 하나 지어냈어요. 여러분도 그랬으면 합니다. 우리 모두는 우리가 만든 이야기 속에 사니까요. 여러분이 서로의 이야기를 알아보고, 각자가 이 세상에서 보고픈 이야기를 할 수 있도록 서로 도울 줄 알게 됐으면 좋겠습니다.

우리 미나리 좀 챙겨 주세요

듀나

1. 이 작품에는 메카와 생물이 공존하는 사회가 등장한다. 각 캐
   릭터들이 어떤 존재인지 O, X로 표시하고, X라면 문장을 맞게
   고쳐 아래에 써 보자.

   차마린은 생물학적 인간이다 [   ]

   메카 현승아의 모델은 인간 현승아다 [   ]

   아니스 혜는 인간 DNA를 구현해 다시 만든 생물이다 [   ]

   파랑이는 인간형 메카다 [   ]

   노랑이는 공룡형 메카다 [   ]

   파티마 혜는 아니스 혜의 생물학적 가족이다 [   ]

   최한림은 생물학적 인간이나,
   사고로 몸 일부를 메카로 바꾸었다 [   ]

   미나리는 메카 공룡이다 [   ]

2. 아래 대사에서, 밑줄 친 '프로그램'은 작품에 등장하는 남자아이들에게 적용된 것이다. 아니스 혜를 공격하게 만든 이 프로그램이 구체적으로 어떤 존재를 미워하게 만드는지 유추하여 적어 보자.

> "프로그램은 멀쩡합니다. 원래 저런 놈들로 만들어 전시 중이었으니까요. 하지만 이번에 박물관 보안 프로그램을 손보는 동안 뭔가 잘못된 것 같습니다. 어쩌다 보니 저것들이 바깥으로 나왔고 그 뒤에도 프로그램에 따라 행동한 거예요."

....

....

....

3. 해남에는 메카 익룡이 경찰 드론 대신 날아다니고, 메카 부경고사우르스가 해안 안전 요원으로 근무한다. 해남과 해남고생물공원에 있을 만한 다른 존재들을 상상하여 그리고 그림에 설명을 덧붙여 보자.

하트의 탄생

정이현 소설 | 불키드 그림 | 값 10,000원 | ISBN 978-89-364-3103-7

**그날 내 안에 파란 하트가 태어났다
엄마 아빠는 모르는 진짜 나의 모습**

열다섯 살 주민이는 자신의 모습이 항상 불만이다. 화려한 SNS 인플루언서인 엄마의 눈에는 주민이의 성적도 외모도 한없이 부족한 것만 같다. 서러운 마음에 올린 영상이 갑자기 화제에 오르고, 사람들은 영상에 언급된 인플루언서 엄마의 정체를 추적하는데…….

카이의 선택

최상희 소설 | 손채은 그림 | 값 10,000원 | ISBN 978-89-364-3104-4

**"열일곱 살 생일의 과제. 나는 선택해야 한다."
차별과 편견에 맞서 자기 삶을 찾아가는 눈부신 여정**

'카이'는 특별한 능력을 갖고 태어난 존재들이다. 죽음을 예측하는 능력, 타인의 마음을 읽는 능력 등 카이들의 능력은 다양하다. 3초 후 미래를 보는 카이인 마하는 그 능력 때문에 친구들에게 따돌림당한다. 그런 마하에게 '선택'을 해야 하는 열일곱 살 생일이 다가오는데…….

커튼콜

조우리 소설 | 공공 그림 | 값 10,000원 | ISBN 978-89-364-3105-1

**연극이 끝나도 우리의 이야기는 끝나지 않아
용감한 발걸음으로 만들어 나가는 나만의 커튼콜**

"왜 그래, 루나야. 무슨 고민 있어?" 학교 창작 연극에서 '루나' 역을 맡은 중학생 은비는 긴장으로 대사를 잊어버리고, '아리에트' 역을 맡은 윤서가 대본에 없는 대사를 급하게 내뱉는다. 연기에 재미를 느끼며 누구보다 잘 해내고 싶은 마음이 가득한 은비. 하지만 실수를 연발하는 스스로의 모습에 실망하여 자신에게 재능이 없다고 자책하는데…….

하트의 탄생

정이현

1. 다음 문장이 소설의 내용과 일치하는지 O, X로 표시해 보자.

주민이 엄마의 인스타그램 아이디는 '블루하트'다. ⋯⋯⋯ [   ]

주민이는 액체 괴물 영상을 올리는
유튜브 채널을 가지고 있다. ⋯⋯⋯⋯⋯⋯⋯⋯⋯⋯⋯ [   ]

주민이 아빠는 엄마와 함께 사업을 한다. ⋯⋯⋯⋯⋯⋯⋯ [   ]

네티즌들은 주민이의 아이디를 검색하여
주민이의 신상 정보를 알아냈다. ⋯⋯⋯⋯⋯⋯⋯⋯⋯ [   ]

주민이 엄마는 인스타그램 계정에 해명 글을 올렸다. ⋯⋯ [   ]

주민이 아빠는 가족의 화해를 위해
가족사진 찍기를 제안했다. ⋯⋯⋯⋯⋯⋯⋯⋯⋯⋯⋯⋯ [   ]

2. 주민이가 올린 영상은 인터넷 커뮤니티로 퍼져 나가 많은 사람들의 주목을 받게 된다. 최근의 사건 중 비슷한 경우가 있었는지 생각해 보고, 이런 현상의 장점과 단점에 대해 토론해 보자.

장점	단점
– 예시) 많은 사람들의 지식으로 문제를 해결할 실마리를 얻을 수 있다. – –	– –

3. 마지막 장면에서 주민이는 자신의 마음을 밝히는 글을 쓰기로 다짐한다. 주민이가 어떤 글을 올렸을지 상상해서 써 보자.

카이의 선택

최상희

1. 만약 카이처럼 능력을 얻게 된다면 어떤 능력을 갖고 싶은지
   그 이유와 함께 적어 보자.

   ▶ 갖고 싶은 능력:

   ▶ 이유:

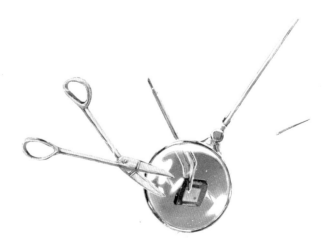

2. 아래 장면에서 나기가 말한 '몽글몽글하고 폭신폭신한 마음'은 무엇일지 생각해 보자.

"그런데 말이야. 수술 전에 이상하게 망설였어. 좀 더 읽어 보고 싶더라고. 몽글몽글하고 폭신폭신한 마음 같은 거 말이야. 수술받고 나면 못 읽게 되잖아. 하지만 결국 수술을 선택했지. 오랫동안 그 선택 말고 다른 건 생각지도 않았으니까. 그런데 참 이상해."

....

....

....

3. 작품 속 카이들은 평범한 사람들과 다르다는 이유로 차별받는다. 우리 사회에서 다르다는 이유로 차별받는 사례들을 찾아본 뒤 이야기해 보자.

....

....

....

....

....

....

커튼콜

조우리

1. 소설 속 '은비'는 연기를 하고 싶어 한다. 나에게도 그런 것이 있는지 생각해 보고, 있다면 계기를 적어 보자. 없다면 가장 최근 재미를 느낀 것이 무엇인지 적어 보자.

하고 싶은 것과 그 계기

은비	예) 저는 연기를 하고 싶습니다. 연기를 시작하게 된 건 우연한 계기로 「사슴벌레의 사랑」이라는 드라마의 아역배우를 하게 되어서입니다. 그 당시에는 연기를 왜 해야 하는지 알 수 없었지만, 최근에 예전 모습을 영상으로 찾아보며 '그때 더 잘할 수 있었을 텐데.'라고 생각하기 시작했습니다. 학교 연극인 「숲을 빠져나가는 다섯 가지 방법」에서 소품팀 보조로 나뭇잎을 흔드는 역할을 맡았을 때, 잠시였지만 무대에 올랐다는 게 가슴 벅찼습니다.
나	

2. 소설의 마지막 장면에서, 인물들이 무슨 대화를 나눴을지 상상하여 대사와 지문 형태로 써 보자.

그때, 은비와 윤서, 혜원과 지민은 교장 선생님의 도장이 찍힌 예술고 등학교 지원서를 들고 복도를 나란히 걷고 있었다. 곧 「파도」의 앵콜 공연이 예정되어 있었다. '아리에트'역에는 윤서가, 그리고 주인공 '루나'역에는 은비가 그대로 캐스팅된 채. (본문 72면)

....

....

....

....

....

....

....

....

....

....

....

....

3. 은비는 「파도」에서 루나 역을 맡아 연기한다. 은비와 루나가
   가진 상황과 행동을 각각 비교해 보고, 공통점을 찾아보자.

은비	루나

상황

학교 창작 연극 「파도」의 주인공 '루나' 역을 맡았다. 「파도」의 주인공 오디션과 무대에서 계속 실수를 한다.

행동

아리에트의 만류에도 불구하고 바다로 나가자고 끝없이 설득한다. 아리에트에게 직접 만든 서프보드를 주며 용기를 북돋는다.

공통점

라면은 멋있다

공선옥 소설 | 김정윤 그림 | 값 7,500원 | ISBN 978-89-364-5855-3

"가난하면 사랑도 못 하나요?"
작가 공선옥이 들려주는 풋풋한 사랑 이야기

어려운 가정 형편을 속이고 연주를 사귀는 민수. 민수는 연주에게 멋진 생일 선물을 사 주기 위해 편의점 아르바이트를 시작하는데……. 라면만 먹어도 진심이 있다면 사랑은 멋지다!

내가 그린 히말라야시다 그림

성석제 소설 | 교은 그림 | 값 7,500원 | ISBN 978-89-364-5856-0

소년을 스쳐 간 운명의 장난
작가 성석제가 들려주는 선택에 관한 이야기

어린 시절 미술보다 축구를 좋아했던 백선규는 자라서 유명한 화가가 되었다. 하지만 그에게는 아무한테도 말하지 못한 비밀이 하나 있는데……. 선택과 인생의 부조리함을 진지한 필치로 그려낸 성장소설. ★중2 교과서 수록작

꿈을 지키는 카메라

김중미 소설 | 이지희 그림 | 값 7,500원 | ISBN 978-89-364-5857-7

힘보다 희망으로,
평화로 이기는 법

아람이는 재개발을 앞둔 시장의 모습을 카메라에 담는다. 어려움에 처한 이웃에게서 눈을 떼지 않으리라 다짐하며 아람이의 카메라는 오늘도 찰칵, 희망의 소리를 낸다.

옥수수 뺑소니

박상기 소설 | 정원 그림 | 값 7,500원 | ISBN 978-89-364-5858-4

두 번의 교통사고!
진짜 뺑소니범은 누구일까?

현성이는 두 번의 교통사고를 당한 뒤 상황에 떠밀려서 거짓말을 하게 된다. 한번 시작한 거짓말은 풀 수 없는 매듭처럼 점점 엉켜 가는데……. 진실을 밝히는 용기에 관한 이야기.

림 로드

배미주 소설 | 김세희 그림 | 값 7,500원 | ISBN 978-89-364-5859-1

아이돌이 된 내 친구
우린 이제 영영 멀어지는 거니?

아기 때부터 친구였던 지오가 가수로 데뷔한 뒤 현영은 외로움에 휩싸인다. 현영은 방학을 맞아 미국에 있는 이모할머니 댁에 가지만, 좀처럼 지오 생각이 잊히지 않는다. 열여섯 살 마음을 물들인 첫사랑 이야기.

푸른파 피망

배명훈 소설 | 국민지 그림 | 값 7,500원 | ISBN 978-89-364-5860-7

다양한 이들이 모여 사는 푸른파 행성
청소년의 힘으로 일구어 낸 색다른 평화 이야기

저마다 다른 행성에서 이주해 온 사람들이 조화롭게 살던 푸른파 행성에 갑작스레 전쟁의 기운이 감돈다. 식자재 배급에도 차질이 생겨 한쪽에는 고기만, 다른 쪽에는 야채만 배달되는데……. 푸른파 행성은 다시 평화를 찾을 수 있을까?

표현력 세트

누군가의 마음

김민령 소설 | 파이 그림 | 값 7,500원 | ISBN 978-89-364-5861-4

**알 듯 말 듯 엇갈려 온 우리 사이
언젠가는 닿을 수 있을까?**

눈에 띄지 않던 아이 강메리가 같은 반 남자아이들에게 차례로 고백하면서 교실 안이 술렁인다. 이제 고백을 듣지 못한 아이는 단 두 명뿐. 강메리, 너의 마음은 어떤 거니?

이사

정소연 소설 | 백햄 그림 | 값 7,500원 | ISBN 978-89-364-5862-1

**나의 우주는 이제, 달라질 거야
SF 작가 정소연이 펼쳐 보이는 새로운 세계**

지후는 가족과 함께 다른 행성으로 이주해야 한다. 아픈 여동생 지혜를 치료하려면 어쩔 수 없다지만, 지후는 부모님의 결정이 야속하기만 하다. 지후에게는 고향 마키엔데를 떠나면 안 되는 특별한 꿈이 있기 때문이다.

미식 예찬

최양선 소설 | 시호 그림 | 값 7,500원 | ISBN 978-89-364-5863-8

**비엔나소시지가 입 안에서 뽀드득!
내 사랑은 이토록 맛있게 시작되었다**

이른 사춘기를 걱정하는 엄마 때문에 유기농 음식만 먹어야 하는 지수. 그래도 예찬이와 함께라면 점심시간이 행복하다. 지수는 용기를 내 예찬이에게 고백하지만 대답을 듣지 못하는데……. "예찬아, 넌 내가 싫은 거니?"

더불어 사는 법을 배우는
공감력 세트

칼자국

김애란 소설 | 정수지 그림 | 값 7,500원 | ISBN 978-89-364-5876-8

긴 세월 칼과 도마를 놓지 않은
어머니에 대한 기억

20여 년 동안 국숫집을 하며 '나'를 키운 어머니의 삶. 주인
공은 어머니의 부고를 듣고 나서야 그 억척스러운 삶을 돌아
보게 된다. 김애란 작가가 들려주는 가슴 뭉클한 이야기.

하늘은 맑건만

현덕 소설 | 이지연 그림 | 값 7,500원 | ISBN 978-89-364-5877-5

가슴 뜨끔한 거짓말!
푸른 하늘 아래 문기는 고개를 들 수 있을까?

문기는 심부름을 하다 우연히 많은 돈을 받게 된다. 그 돈
을 수만이와 같이 장난감을 사는 데 써 버린 문기는 곧 죄책
감에 시달리고, 수만이와도 다투게 되는데⋯⋯. 편치 않은
비밀을 품게 된 문기의 이야기. ★중1 교과서 수록작

뱀파이어 유격수

스콧 니컬슨 소설 | 송경아 옮김 | 노보듀스 그림 | 값 7,500원
ISBN 978-89-364-5878-2

우리 야구팀의 유격수는 뱀파이어!
뱀파이어도 인간과 함께 어울려 살 수 있을까?

계몽된 시대, 사람들은 더 이상 '다름'을 대놓고 차별하거나
멸시하지 못한다. 하지만 치열하게 승부를 겨루는 리틀 야
구 대회에 뛰어난 실력을 갖춘 뱀파이어 유격수가 나타나자
그를 바라보는 사람들의 시선은 곱지 않은데⋯⋯.

"책 읽기가 점점
재미없어져요."

독서포기자들을 위한 새로운 소설 읽기 프로젝트

소설의
첫 만남

1. 뛰어난 문학 작품을 다채로운 그림과 함께 읽는다

새로운 감성으로 단장한 얇고 아름다운 문고입니다.
긴 글보다는 시각적 이미지에 친숙한 청소년들을 위해
다채로운 삽화를 더해 마치 웹툰처럼 흥미진진하게 읽힙니다.

2. 책과 멀어진 아이들을 위한 책

한 손에 잡히는 책의 크기와 길지 않은 분량 덕분에
그간 책과 멀어졌던 아이들에게 권하기에 적절합니다.

3. 학교 현장의 선생님들이 더욱 기대하고 추천하는 책

'소설의 첫 만남' 시리즈는 학교 현장의 선생님들에게 선공개되어
"이런 책을 기다려 왔다!"라는 뜨거운 기대평을 모았습니다.

4. 더 깊은 독서를 위한 마중물

깊은 샘에서 펌프로 물을 퍼 올리려면 위에서 한 바가지의 마중물을
부어야 합니다. '소설의 첫 만남' 시리즈는 아이들이 다시금
책과 가까워질 수 있도록 마중물 역할을 합니다.

"이런 책을 기다려 왔다!"

★★★★★

학교 현장에서 들려온 뜨거운 찬사
아이들이 먼저 손에 들고 좋아하는 책

"동화책에서 소설로 향하는 가교 역할을 하는 책." 서덕희(경기 광교고 국어 교사)

"우리 학생들이 재미있게 책 읽는 풍경을 기대하며 마음이 설렌다." 신병준(경기 삼괴중 국어교사)

"'소설의 첫 만남' 시리즈는 자신도 모르는 사이에
이야기 속으로 빠져들 수 있도록 재미와 기쁨을 전한다." 최은영(경기 미사강변고 국어교사)

"첫 만남은 언제나 가슴 설레는 일이다.
단편소설을 일러스트와 함께 소개하는 이 시리즈를 통해
책 읽기의 즐거움을 한껏 느낄 수 있기를 바란다." 안찬수(시인, 책읽는사회문화재단 상임이사)

작고 예쁜 문고판 서적이 독자들에게 찾아왔다. 시사인

문제집 내려놓고 소설책 집어 들 때를 위한 책. 연애 꿈 등 청소년의 고민이 담겼다. 부산일보

책 읽기에서 멀어진 청소년들이 우선 독자다. 개성 있는 일러스트가 돋보인다. 경향신문

웹툰처럼 편하게 소설을 읽는다. 경인일보

책을 손에 잡으면 잠부터 쏟아지는 사람을 위한 책.
독서에 익숙하지 않은 사람도 지루할 틈이 없다. 싱글즈

흥미로운 이야기와 매력적인 삽화로 무장했다. 다채롭게 읽힌다. 매일경제

NO.	DATE	/	/

★

★

★

★

★

★

★

★

★

[   ]

NO.	DATE	/	/

★

★

★

★

★

★

★

★

[   ]

NO.	DATE	/	/

★

★

★

★

★

★

★

★

★

[   ]

NO.	DATE	/	/

★

★

★

★

★

★

★

★

★

[   ]

NO.　　　　　　　　　　DATE　　　/　　　/

★

★

★

★

★

★

★

★

★

[　　　　　　　　　　　　　　　　　　　　　]

NO.　　　　　　　　　　DATE　　　/　　　/

★

★

★

★

★

★

★

★

★

[　　　　　　　　　　　　　　　　　　　　　]

NO.   DATE   /   /

★

★

★

★

★

★

★

★

★

[   ]

NO.   DATE   /   /

★

★

★

★

★

★

★

★

★

[   ]

NO.	DATE	/	/

*
*
*
*
*
*
*
*
*

[   ]

NO.	DATE	/	/

*
*
*
*
*
*
*
*
*

[   ]

NO.		DATE	/	/

★

★

★

★

★

★

★

★

★

[ ]

NO.		DATE	/	/

★

★

★

★

★

★

★

★

[ ]

NO.	DATE	/	/

★

★

★

★

★

★

★

★

★

[   ]

NO.	DATE	/	/

★

★

★

★

★

★

★

★

[   ]

NO.　　　　　　　　　　　　DATE　　/　　/

★

★

★

★

★

★

★

★

★

[　　　　　　　　　　　　　　　　　　　]

NO.　　　　　　　　　　　　DATE　　/　　/

★

★

★

★

★

★

★

★

★

[　　　　　　　　　　　　　　　　　　　]

NO.	DATE	/	/

★

★

★

★

★

★

★

★

★

[   ]

NO.	DATE	/	/

★

★

★

★

★

★

★

★

[   ]

NO.	DATE	/	/

★

★

★

★

★

★

★

★

★

[   ]

NO.	DATE	/	/

★

★

★

★

★

★

★

★

[   ]

NO.		DATE	/	/

★

★

★

★

★

★

★

★

★

[　　　　　　　　　　　　　　　　　　　　　　　　　]

NO.		DATE	/	/

★

★

★

★

★

★

★

★

★

[　　　　　　　　　　　　　　　　　　　　　　　　　]

NO.	DATE	/	/

★

★

★

★

★

★

★

★

★

[   ]

NO.	DATE	/	/

★

★

★

★

★

★

★

★

★

[   ]

NO.	DATE	/	/

*
*
*
*
*
*
*
*
*

[   ]

NO.	DATE	/	/

*
*
*
*
*
*
*
*

[   ]

NO.	DATE	/	/

*
*
*
*
*
*
*
*
*

[   ]

NO.	DATE	/	/

*
*
*
*
*
*
*
*
*

[   ]

NO.	DATE	/	/

★

★

★

★

★

★

★

★

★

[   ]

NO.	DATE	/	/

★

★

★

★

★

★

★

★

★

[   ]

NO.	DATE	/	/

★

★

★

★

★

★

★

★

★

[   ]

NO.	DATE	/	/

★

★

★

★

★

★

★

★

★

[   ]

NO.	DATE	/	/

★

★

★

★

★

★

★

★

★

[   ]

NO.	DATE	/	/

★

★

★

★

★

★

★

★

[   ]

NO.   DATE   /   /

*
*
*
*
*
*
*
*
*

[   ]

NO.   DATE   /   /

*
*
*
*
*
*
*
*
*

[   ]

NO.   DATE   /   /

★

★

★

★

★

★

★

★

★

[   ]

NO.   DATE   /   /

★

★

★

★

★

★

★

★

★

[   ]

NO.		DATE	/	/

*
*
*
*
*
*
*
*
*

[   ]

NO.		DATE	/	/

*
*
*
*
*
*
*
*

[   ]

NO.	DATE	/	/

★

★

★

★

★

★

★

★

★

[   ]

NO.	DATE	/	/

★

★

★

★

★

★

★

★

[   ]

NO.   DATE   /   /

★
★
★
★
★
★
★
★
★

[   ]

NO.   DATE   /   /

★
★
★
★
★
★
★
★
★

[   ]

NO.	DATE	/	/

★

★

★

★

★

★

★

★

★

[   ]

NO.	DATE	/	/

★

★

★

★

★

★

★

★

[   ]

NO.	DATE	/	/

★

★

★

★

★

★

★

★

★

[   ]

NO.	DATE	/	/

★

★

★

★

★

★

★

★

★

[   ]

NO.	DATE	/	/

★

★

★

★

★

★

★

★

★

[   ]

NO.	DATE	/	/

★

★

★

★

★

★

★

★

[   ]

NO.	DATE	/	/

*
*
*
*
*
*
*
*
*

[   ]

NO.	DATE	/	/

*
*
*
*
*
*
*
*
*

[   ]

NO.	DATE	/	/

★

★

★

★

★

★

★

★

★

[   ]

NO.	DATE	/	/

★

★

★

★

★

★

★

★

[   ]

NO.		DATE	/	/

★

★

★

★

★

★

★

★

★

[   ]

NO.		DATE	/	/

★

★

★

★

★

★

★

★

★

[   ]

NO.	DATE	/	/

*
*
*
*
*
*
*
*
*

[   ]

NO.	DATE	/	/

*
*
*
*
*
*
*
*

[   ]

NO.	DATE	/	/

*
*
*
*
*
*
*
*
*

[   ]

NO.	DATE	/	/

*
*
*
*
*
*
*
*
*

[   ]

NO.	DATE	/	/

*
*
*
*
*
*
*
*
*

[   ]

NO.	DATE	/	/

*
*
*
*
*
*
*
*

[   ]

★

★

★

★

★

★

★

★

★

[   ]

★

★

★

★

★

★

★

★

★

[   ]

NO.	DATE	/	/

*
*
*
*
*
*
*
*
*

[ ]

NO.	DATE	/	/

*
*
*
*
*
*
*
*

[ ]

★

★

★

★

★

★

★

★

[   ]

★

★

★

★

★

★

★

★

★

[   ]

★

★

★

★

★

★

★

★

★

[   ]

★

★

★

★

★

★

★

★

★

[   ]

★

★

★

★

★

★

★

★

★

[   ]

★

★

★

★

★

★

★

★

★

[   ]

NO.		DATE	/	/

★

★

★

★

★

★

★

★

★

[   ]

NO.		DATE	/	/

★

★

★

★

★

★

★

★

★

[   ]

NO.	DATE	/	/

★

★

★

★

★

★

★

★

★

[   ]

NO.	DATE	/	/

★

★

★

★

★

★

★

★

★

[   ]

NO.	DATE	/	/

★

★

★

★

★

★

★

★

★

[   ]

NO.	DATE	/	/

★

★

★

★

★

★

★

★

[   ]

NO.	DATE	/	/

*

*

*

*

*

*

*

*

*

[   ]

NO.	DATE	/	/

*

*

*

*

*

*

*

*

*

[   ]

NO.	DATE / /

★

★

★

★

★

★

★

★

★

[　　　　　　　　　　　　　　　　　　　　　　　　　　　　　　]

NO.	DATE / /

★

★

★

★

★

★

★

★

★

[　　　　　　　　　　　　　　　　　　　　　　　　　　　　　　]

NO.		DATE	/	/

★

★

★

★

★

★

★

★

★

[   ]

NO.		DATE	/	/

★

★

★

★

★

★

★

★

★

[   ]

NO.	DATE	/	/

★

★

★

★

★

★

★

★

★

[   ]

NO.	DATE	/	/

★

★

★

★

★

★

★

★

★

[   ]

★

★

★

★

★

★

★

★

★

[   ]

★

★

★

★

★

★

★

★

★

[   ]

NO.	DATE	/	/

★

★

★

★

★

★

★

★

★

[   ]

NO.	DATE	/	/

★

★

★

★

★

★

★

★

★

[   ]

NO.	DATE	/	/

★

★

★

★

★

★

★

★

★

[   ]

NO.	DATE	/	/

★

★

★

★

★

★

★

★

[   ]

NO.	DATE	/	/

★

★

★

★

★

★

★

★

★

[   ]

NO.	DATE	/	/

★

★

★

★

★

★

★

★

[   ]

NO.	DATE	/	/

★

★

★

★

★

★

★

★

★

[   ]

NO.	DATE	/	/

★

★

★

★

★

★

★

★

★

[   ]

★
★
★

★
★
★

★
★
★

[   ]

★
★
★

★
★
★

★
★
★

[   ]

NO.	DATE	/	/

*
*
*
*
*
*
*
*
*

[ ]

NO.	DATE	/	/

*
*
*
*
*
*
*
*
*

[ ]

NO.   DATE   /   /

★

★

★

★

★

★

★

★

★

[   ]

NO.   DATE   /   /

★

★

★

★

★

★

★

★

[   ]

NO.		DATE	/	/

★

★

★

★

★

★

★

★

★

[   ]

NO.		DATE	/	/

★

★

★

★

★

★

★

★

★

[   ]

NO.	DATE	/	/

★

★

★

★

★

★

★

★

★

[ ]

NO.	DATE	/	/

★

★

★

★

★

★

★

★

[ ]

★
★
★

★
★
★

★
★
★

[							]

★
★
★

★
★
★

★
★
★

[							]

NO.	DATE	/	/

★

★

★

★

★

★

★

★

★

[   ]

NO.	DATE	/	/

★

★

★

★

★

★

★

★

★

[   ]

★

★

★

★

★

★

★

★

★

[   ]

★

★

★

★

★

★

★

★

★

[   ]

NO.	DATE	/	/

★

★

★

★

★

★

★

★

★

[   ]

NO.	DATE	/	/

★

★

★

★

★

★

★

★

★

[   ]

NO.		DATE	/	/

★

★

★

★

★

★

★

★

★

[   ]

NO.		DATE	/	/

★

★

★

★

★

★

★

★

★

[   ]

NO.		DATE	/	/

★

★

★

★

★

★

★

★

★

[   ]

NO.		DATE	/	/

★

★

★

★

★

★

★

★

[   ]

NO.	DATE	/	/

★

★

★

★

★

★

★

★

★

[   ]

NO.	DATE	/	/

★

★

★

★

★

★

★

★

★

[   ]

NO.	DATE	/	/

★

★

★

★

★

★

★

★

★

[   ]

NO.	DATE	/	/

★

★

★

★

★

★

★

★

[   ]

NO.	DATE	/	/

★

★

★

★

★

★

★

★

★

[ ]

NO.	DATE	/	/

★

★

★

★

★

★

★

★

★

[ ]

| NO. | DATE | / | / |

★

★

★

★

★

★

★

★

★

[   ]

| NO. | DATE | / | / |

★

★

★

★

★

★

★

[   ]

THE
SECRET
NOTE

3개의 소원
100일의 기적